Joy Sorman

À la folie

Flammarion

Pour l'écriture de cet ouvrage, l'auteure a bénéficié
d'une aide du Centre national du livre.

ISBN : 978-2-0802-3533-6

Ci-gît la vérité ?
(Anonyme, IVe siècle avant J.-C.)

J'imaginais un bloc de silence posé au milieu de la ville, sa présence massive, intimidante, j'imaginais une ombre étale et opaque comme un lac, j'imaginais un champ magnétique, révélé par une faible tension électrique sur la peau à l'approche du bâtiment, une onde secrète formant un anneau protecteur et dissuasif autour des lieux, j'imaginais qu'on m'arrêterait à l'entrée, qu'on me demanderait de décliner mon identité, de présenter un badge, le motif de ma venue, de signer un registre, de donner des gages, qu'on apprécierait avec professionnalisme mon allure générale, qu'on scruterait mon visage à la recherche d'un rictus, d'un symptôme, une bouche qui tombe, un regard de biais, un spasme, une preuve.

Je me composais une mine de circonstance, une tête innocente, une expression de bonne citoyenne, avec si peu de naturel et de décontraction qu'en réalité je me signalais immédiatement comme suspecte – j'entrais ici pour la première fois et je ne savais pas y faire.

Les deux agents d'accueil postés derrière une vitre teintée ne m'ont rien demandé ; après avoir longé un imposant mur d'enceinte, sonné à une grille, passé un sas, sonné à nouveau, le pas à peine ralenti, j'étais donc à l'intérieur, toutes les portes s'étant automatiquement et bruyamment déverrouillées devant moi.

Le panneau d'information propose un plan orthogonal des lieux, une organisation par couleurs, lettres et chiffres – cela pourrait être un camp, cela pourrait être un village, c'est d'abord un grand parc que délimitent des rangées de platanes, des allées bitumées, des massifs de fleurs et des parkings, des pavillons anciens et des unités contemporaines, un mélange d'architecture administrative et de briques XIXe.

Je repère le secteur 4 en jaune sur le plan, il faut suivre les flèches et les bandes de peinture au sol, on est surpris par les chants d'oiseaux et la douceur de l'air, une paix qu'on n'espérait pas, le printemps sans doute. Quelques silhouettes fument sur des bancs, seules ou par grappes, certaines en blouson et bonnet malgré la chaleur, d'autres échangent à voix basse appuyées contre un mur, les gobelets de café débordent des poubelles, un lointain crachin sonore s'échappe d'un portable, une musique cubaine qui grésille, puis une voiture à faible allure, deux blouses blanches en conciliabule sous un auvent, des regards suspendus, des bonjours timides, on laisse derrière soi la blanchisserie, le salon de coiffure, la cafétéria, l'aumônerie, la salle de sport, le local syndical, l'atelier d'ergothérapie, et tout au bout se dresse le pavillon 4B, cube anonyme de béton blanc, percé de doubles fenêtres qui s'entrouvrent seulement, entouré d'un jardinet clôturé – des grilles vertes couvertes de bâches protègent des regards, on les escaladerait facilement. On sonne à l'interphone ou, plus simple, si on a la clé on passe par-derrière, une lourde porte métallique s'ouvre alors sur un couloir d'hôpital.

Des portes, des couloirs ; j'aurai bientôt la conviction de circuler dans un espace strictement délimité et organisé par ces deux éléments, qui signalent toujours l'institution, et activent une certaine anxiété. Pénétrer dans le pavillon 4B ranime confusément des images d'autres portes débouchant sur d'autres couloirs – prisons, internats, administrations en tous genres. À peine arrivée, la tendresse du printemps me quitte laissant place à un sentiment, encore vague à cet instant, une intuition, de claustration, de promiscuité.

Ce qui frappe quand on y entre pour la première fois c'est l'odeur, elle flotte en nappes molles, une odeur de collectivité et de macération, de légume bouilli et de détergent, de sauce refroidie et d'inquiétude, âcre, insistante, une odeur d'enfermement. La chaleur aussi, étouffante, peut-être parce que ceux qui vivent là se tiennent quasi immobiles, alors on pousse les radiateurs à fond, on tâche de maintenir la température des corps ankylosés à 37 degrés.

On avale cet air chargé, puis c'est le regard qui s'habitue, panote, s'arrête sur une enfilade de portes, un sol carrelé, les couleurs pâles des hospices, un faux plafond résistant à l'incendie, des spots encastrés, une lumière sans contrastes, une plante verte, qui a l'air fausse on ne sait pas. Je reconnais une mélodie de Bob Marley, elle vient du fond du corridor, la dernière porte est entrouverte, je vois bientôt dépasser un pied nu et potelé de femme, qui n'ira pas plus loin, et dont la fixité m'impressionne – un pied menaçant, réprobateur, ironique ; je n'imaginais pas qu'un pied puisse être aussi expressif, je n'imaginais pas que mon premier contact ait lieu avec un pied, que l'humanité m'apparaisse sous cette forme burlesque et inquiétante, que ce morceau de corps me souhaite ainsi silencieusement la bienvenue, ou peut-être au contraire m'intime de fuir. La première chose vivante que j'aperçois ici est ce pied. La seconde, alors que ce matin le service semble désert, est un homme en survêtement floqué du logo de l'hôpital qui fait les cent pas, des allers et retours pendulaires, déambule puis s'immobilise, et ne rend ni bonjour ni sourire ; un bonjour qui sort de ma bouche comme un piaillement, un sourire ankylosé, celui que j'avais déjà ce matin d'avril où je suis venue me présenter dans le service, annoncer un projet de livre, et une présence que j'espérais la moins intrusive possible ; vœu pieux.

Pendant un an, tous les mercredis, l'autorisation m'a été accordée de circuler librement dans le pavillon 4B qui comprend douze lits et une chambre d'isolement. Deux couloirs distribuent également une infirmerie, une petite salle de repos pour les soignants, les bureaux des psychiatres, de la psychologue, du cadre de santé, une pièce exiguë, mais centrale et vitrée, où sont délivrés les médicaments, et une salle commune pour les repas et les activités, donnant sur le jardin. Quelques fauteuils en skaï de collectivité, couleur vert amande, trois affiches et deux télés décorent les lieux, un bruit incessant de clé dans la serrure donne le rythme, plus sûrement que les aiguilles des nombreuses horloges fixées en hauteur. C'est propre, clair, moderne et sans vie, un aménagement fonctionnel, économique, aux normes de l'esthétique administrative, ces surfaces planes qu'on lave à grandes eaux, sur lesquelles rien n'accroche, rien ne saille.

Franck dans sa vie

Affalé sur une chaise, dans l'angle mort de la salle commune, Franck semble reprendre ses esprits comme après un violent effort. Son allure christique convoque aussitôt des images de descente de croix – tête penchée, cheveux aux épaules, bras ballants écartés, pieds nus aux ongles démesurément longs, regard franc qui balaye l'espace, enveloppe les choses et les hommes dans une même douceur, gestes ralentis sous l'effet des médicaments et de l'enfermement, et peut-être aussi d'une infinie précaution. Franck vient de passer un mois en chambre d'isolement, il en est sorti une demi-heure plus tôt. On ne lui a pas rendu ses chaussures de peur qu'il s'enfuie, et il porte encore son pyjama anti-suicide de papier bleu, ce fin vêtement qui n'en est pas un, se déchire d'un geste, n'habille aucun corps, couvre à peine, floute les silhouettes – Franck est comme nu.

Il a hâte de récupérer le sweat à tête de loup et le jean blanc troué aux genoux qu'il portait au moment de sa fugue, mais si on le laisse dans cet uniforme clinique c'est pour éviter qu'il ne décampe à nouveau, un Christ en pyjama ne passerait pas inaperçu dans les rues de la ville.

Je me suis barré, les infirmiers m'ont coursé, je me suis caché dans une poubelle, je voulais seulement prendre mes 500 euros à la banque et revenir, mais j'ai acheté du shit, je me suis envoyé un whisky à 11 euros au comptoir, j'étais défoncé, je me suis écroulé, je me suis fait dépouiller, les flics m'ont ramené, ça n'a pas duré longtemps cette petite promenade. La vérité c'est que j'ai fugué pour me faire tatouer Jésus et Marie sur le bras gauche, c'est pour ça que j'avais besoin des 500 euros. Et puis je voulais faire un tour en forêt pour parler aux arbres, à leur contact je respire enfin, lentement et profondément. Parfois aussi je me déshabille, je m'allonge sur le ventre, la bite dans la terre pour sentir l'humus et les vibrations. Bref voilà, comme à chaque fugue, pour me calmer, me punir plutôt, on m'a mis d'office en iso. Mais parfois, quand je me fais trop peur, c'est moi qui réclame l'isolement. Quand je suis en délire, que je regarde intensément le ciel et que je vois une multitude de points lumineux mobiles, comme des fées. Ou quand je sens que j'ai le sexe tout mité. Et surtout quand je deviens loup-garou. En iso, la première semaine on croit qu'on va mourir, et puis on s'habitue ça va. Pour occuper le temps je me fais des délires cosmiques, vous savez je suis schizo et parano au dernier stade. C'est quoi le dernier stade ? Est-ce qu'il n'y a pas toujours un stade au-dessus, qu'on n'imaginait même pas ? Le stade encore au-dessus, le stade ultime, c'est moi en objet céleste, aspiré, englouti et dissous dans un trou noir.

Franck a 40 ans, il est bien connu au pavillon 4B, il y fait des séjours réguliers depuis plus de vingt ans, de l'appartement de sa mère au centre de crise, de l'hôpital de jour au foyer d'accueil médicalisé, puis retour à la case départ, en service fermé. Il m'a dit je reviens dans cinq minutes, a réapparu après avoir enfilé une polaire sur son pyjama en papier crépon et chaussé une paire de claquettes de piscine, a proposé de s'asseoir dans la salle télé, et raconté, sur un ton équanime, une vie de peine et de violence : petit j'étais dyslexique et mon père me tabassait ; comme il était dermato il savait exactement où taper pour que cela laisse le moins de traces possible. Il me cognait pour un oui ou pour un non, parce que j'avais utilisé trop de papier toilette. Ma mère buvait, deux bouteilles de porto par jour, ça peut vous paraître beaucoup mais dans son village c'était la norme, la dose habituelle, tout le monde buvait ça. La dernière fois que mon père m'a frappé j'avais 13 ans et c'était un 14 juillet, le sang a giclé, je me suis rebellé, j'étais devenu grand et fort, j'ai eu le dessus. Le psychiatre m'a expliqué que c'était excitant de frapper, peut-être que j'excitais sexuellement mon père.

Mais je ne l'ai jamais dénoncé, j'ai toujours gardé ça pour moi, je ne voulais pas qu'on m'envoie à la Ddass. D'ailleurs je ne lui en veux pas, j'ai juste parfois un peu de rancœur, il vient me voir à l'hôpital, il m'apporte des clopes ; j'aime mes parents c'est comme ça, on n'y peut rien, c'est mon seul lien je le garde. Voilà, après cette mauvaise période, j'ai passé un CAP jardinier paysagiste, j'étais très bon en taille d'ifs, j'ai travaillé quelque temps au service espaces verts et ça m'a lassé, alors je me suis dit pourquoi pas chasseur alpin, mais la semaine précédant l'examen je ne dormais pas, je fumais du shit en regardant la télé, j'ai pété les plombs et tout ça s'est terminé à l'HP, j'avais 19 ans, c'était mon premier séjour. J'y suis resté deux ans. Quand je suis sorti j'ai rencontré une fille, je ne travaillais pas, j'étais asocial de toute façon, alors je me suis installé chez elle. On était bien, je lui cuisinais des pâtes à la carbonara, des cuisses de grenouille et du rosbif, et on est même descendus à Cannes en vacances. Ma copine était nympho mais je m'en foutais. Ça a tenu comme ça plusieurs années et un jour, à nouveau, j'ai fumé trop de shit, mes yeux sont partis à l'arrière de ma tête, ils se sont collés au fond de mon crâne et ils me regardaient, ils me surveillaient, c'était insupportable. J'avais trop de délires en moi, et aussi le cadavre d'un jumeau que j'avais avalé dans le ventre de ma mère parce que j'étais le plus fort des deux, le plus volontaire. Trop de délires en moi et des morceaux de moi qui s'éparpillaient, mon estomac qui disparaissait, mon ventre qui devenait creux, troué. Il va mieux maintenant, touche, regarde comme il est bien bombé. Trop de délires en moi et un ectoplasme qui m'espionnait, me suivait partout en silence, glissait sur les murs, le plafond, le sol. Tellement de délires en moi qu'il paraît que j'ai agressé un patient en arrivant, parce qu'il marchait avec mes jambes, il m'avait volé mes jambes ce bâtard.

Pause, Franck prend une longue inspiration, rapproche sa chaise, vérifie d'un coup d'œil que personne ne nous épie, se penche à mon oreille : tu sais, à un moment j'étais tellement pur que je me suis allongé dans l'herbe et plein de marguerites se sont mises à pousser autour de moi – Franck, ses yeux luisants, on dirait qu'il va pleurer, il faut dire qu'il a vu la beauté de très près.

Franck est en SDRE, soins sans consentement sur décision d'un représentant de l'État, pour violences. Il a poignardé le chien de sa mère. Pourtant Franck raconte que c'est lui qui est déjà mort dix fois, poignardé dans la rue par des passants, puis ressuscité – en réalité il ne dit pas je ressuscite, il dit je revis, et cela fait une grande différence, cela signifie que la vie est tapie en lui, qu'elle ne tombe pas du ciel, qu'elle n'est pas un miracle mais une ressource. Franck me raconte le loup-garou blotti dans ses intestins, m'assure que s'il ne prend plus ses médicaments il redevient la bête, que la conversion est immédiate. Mais la malédiction n'est pas tant d'être loup-garou que d'endosser cette apparence terrifiante alors que son cœur est plein de bonté. Quand je fume du shit je fais peur malgré moi, je suis un monstre délicat pourtant, mais rien à faire, les traits de mon visage effraient les gens. Franck, le tendre prodige, se désole de faire peur aux passagers du bus alors que sa transformation n'a pour objet que d'absorber les ondes négatives qui polluent les alentours. Mais comment être compris quand l'expression du visage ne coïncide pas avec la vérité des intentions.

Franck saisit mon poignet, sa chambre est au bout du couloir, il veut me montrer quelque chose. La pièce est vaste, entièrement blanche et meublée de peu – un lit métallique, une table de chevet, un placard, un petit bureau de contreplaqué et une chaise de cantine. Ici rien de personnel si ce n'est une paire de baskets fluo sur le lino et des dessins punaisés au mur.

Franck ferme la porte à clé, je tressaille, il m'invite à prendre la chaise, puis debout sur le lit déplace une dalle du faux plafond, sa main tâtonne quelques instants et revient avec un petit bouddha en pierre de lune, un pendentif scarabée et une bague de templier, autant de trésors qui ont miraculeusement échappé à la fouille. Il dispose les trois objets en triangle sur sa table de nuit, s'allonge, ferme les yeux, me demande de faire de même, et récite la Kabbale d'une voix hachée et solennelle – les douze heures qui sont écrites la nuit se divisent en trois côtés, droit, gauche et milieu. S'il y a plus de douze heures la nuit, elles sont regardées comme le jour et non comme la nuit, car seulement douze heures sont de Malkhout, qui est appelée nuit. Ces douze heures se divisent en trois côtés, et trois camps de saints anges se divisent dans ces trois côtés.

T'as senti ? T'as senti quelque chose ? Ça a vibré non ?

Franck me raconte que lors d'une précédente hospitalisation il a trouvé un hérisson dans le parc de l'hôpital, sous un banc, en boule au milieu d'un amas de cannettes écrasées et de mégots. Il avait l'air mal en point, Franck l'a déposé dans le creux de sa main, a serré jusqu'à saigner, a glissé l'animal dans la poche de son blouson et l'a ramené au pavillon 4B. Il l'a nourri des reliquats de ses déjeuners, l'a caché dans le faux plafond et utilisé pour ses cérémonies vaudoues. Pendant deux semaines, chaque soir, Franck libérait le hérisson de sa planque, lui donnait quelques pelures, de l'œuf dur écrasé au fond de sa poche, grattait affectueusement son ventre rosé puis installait l'animal terrorisé sur la table de nuit, disposait en cercle quelques pierres, turquoise, jade et quartz, et récitait la Kabbale.

Franck étudie aussi la numérologie et m'apprend que si on ânonne 888 en boucle on rajeunit, que si on répète « tao » pendant trois heures allongé sur son lit on entre en transe. Franck est un chaman, il a dissimulé en divers recoins de la chambre les objets nécessaires à ses cérémonies. Il opère la nuit, avec quelques bougies, le briquet volé à une aide-soignante, la petite enceinte reliée à son portable qui diffuse de la transe Goa en sourdine. Au mur il a épinglé les dizaines de dessins réalisés en ergothérapie, mandalas multicolores, dragons et fleurs vénéneuses.

En ergo, on incite Franck à dessiner, pour favoriser sa concentration, plutôt qu'à sculpter, une activité plus morcelée, qui convient moins à son tempérament versatile. Lors d'un précédent séjour, Franck a pourtant sculpté son sexe, une magnifique céramique rose dressée, il dit que c'est son sexe d'avant, avant d'entrer à l'hôpital, avant qu'on tue sa libido avec les traitements, il ajoute qu'il compte bien retrouver son véritable sexe en sortant d'ici. D'ailleurs il a le projet d'épouser une sorcière qui manie les pouvoirs du feu et de l'eau, règne sur les serpents et les araignées, une guérisseuse qui soigne avec des plantes, la belladone et le perce-neige. En attendant, Franck pratique le vaudou et la magie blanche, celle qui œuvre pour le bien, et avec un hérisson c'était encore mieux. Mais au bout de deux semaines à vivre dans un faux plafond nourri d'écorces d'orange et de trognons de pomme, la pauvre bête était morte. Franck l'a laissée pourrir et se dessécher quelques jours, puis l'a déposée devant la porte du psychologue pour lui jeter le mauvais œil.

Maléfique Maria

Ici on réfléchit toute la journée, on n'a rien d'autre à foutre, mais ça ne rend pas intelligent car pour être intelligent il faut agir. Ainsi s'annonce Maria.

Si Franck avait rencontré Maria au-delà des murs de l'hôpital peut-être l'aurait-il épousée car Maria, aux yeux vert et or de serpent, à la bouche édentée rehaussée d'un rouge à lèvres nacré, au visage balançant entre lumière et noirceur, est une sorcière ; c'est comme telle qu'elle se présente. Elle ne précise pas si c'est la psychiatrie qui a fait d'elle cette femme maléfique et puissante ou si elle l'a toujours été.

Maria est la sorcière aux pieds nus qui marche sur les braises, la fiancée du diable, celle qui guérit la lèpre, accouche les femmes, soigne le peuple autant qu'elle empoisonne et jette des sorts.

Je suis une grande gueularde je vous préviens. Calée dans son fauteuil roulant, elle gronde et envoie paître les soignants qui s'adressent à elle avec un peu trop de compassion, pour lui proposer une madeleine ou la raccompagner dans sa chambre – laissez-moi vivre, je vous ai pas sonnés !

Maria m'apprend d'une voix forte, de sorte qu'on l'entende bien dans tout le service, que la guerrière, l'ensorceleuse c'est elle, femme électrique, subversive et martyre. De guérisseuse je suis devenue la pestiférée qu'il faut mettre au bûcher. Autrefois la religion et maintenant la psychiatrie nous pourchassent. Vous savez, les psys c'est pas que je les aime ou pas, c'est qu'ils font leur travail de chercher les problèmes, de vouloir comprendre pourquoi et comment quelqu'un est psychiquement atteint alors qu'on n'a rien demandé, ici ils ont sans cesse les yeux sur nous. Et les infirmières, vous avez vu comment elles me regardent avec leur air supérieur, je m'en fous moi je les regarde comme Jeanne d'Arc. Voyez-les ces inquisiteurs, les psys qui font la chasse aux anormaux soi-disant, aux dégénérés et aux vicieux, beaucoup plus qu'à notre souffrance croyez-moi.

Voilà pourquoi Maria veut s'enfuir, et y est déjà parvenue, une fugue nocturne en fauteuil roulant après qu'on lui a coupé sans sommation ses longues mèches bouclées, pour plus de simplicité a annoncé la coiffeuse, et qu'on a négligemment laissé réapparaître ses racines grises. Un soignant, comptant sur son sens de l'humour, l'a comparée à une vieille tortue et Maria, privée de sa beauté, a disparu pour quelques heures dans l'obscurité du parc, faisant tourner ses roues de colère, les paumes cloquées par le frottement du caoutchouc, la respiration sifflante de rage, jusqu'à l'épuisement, jusqu'à ce qu'on la retrouve assoupie ou peut-être évanouie, le fauteuil encalminé derrière une haie.

Je suis bipolaire depuis deux ou trois ans maintenant, dans ce fauteuil depuis quatre ans, depuis que j'ai sauté par la fenêtre, et dans onze jours cela fera trente-sept ans que je suis en France. Maria est arrivée à l'âge de 14 ans, a passé son bac, voulait faire des études mais sa mère l'a contrainte à devenir femme de ménage. Elle se souvient de chaque détail de son enfance à Saint-Domingue, qu'elle allait seule à la plage dès l'âge de 4 ans, qu'elle portait alors des mini-shorts et se faisait des bigoudis avec des canettes de soda découpées. Maria a une incroyable mémoire, des dates et des visages surtout, celui de son arrière-grand-mère en particulier – elle était immense et centenaire avec une tête de figue séchée, j'aimais beaucoup lui embrasser les oreilles, ses oreilles en parchemin. Je me souviens aussi des champions de tennis des années 80, le calme et le coup droit lifté de Borg, la puissance de volleyeuse de Navratilova, les après-midi devant la télé, devant Roland-Garros avec des pots de Nutella. Maria remue ses souvenirs, guette une oreille attentive et patiente pour poursuivre le récit de son enfance heureuse, de son passé ensoleillé, un passé qui occupe tout l'espace, mais quoi d'autre quand le présent est une tombe.

D'une voix devenue soudain pâteuse et enterrée Maria raconte qu'elle aime aussi lire, autrefois Pessoa et Hemingway, maintenant Guillaume Musso, Marc Levy et Paulo Coelho. Maria aime la littérature, le sport et la nourriture, détaille sans fin la recette du gratin dauphinois à la noix de muscade de sa tante, précise qu'elle apprécie les bonnes choses. Moi j'aime les marques, dans mes placards vous trouverez du thon Petit Navire, du chocolat Nesquik, du riz basmati Taureau Ailé, il y a peu de produits mais que de la qualité, je bouffe pas de la merde, et croyez-moi ce festin guette tranquillement mon retour.

En attendant, je fais ma prière tous les matins, pour les enfants, les soignants, les soldats, la paix dans le monde, toujours strictement dans cet ordre, c'est l'ordre le plus juste. Je prie pour les gilets jaunes aussi, même si je ne suis plus l'actualité à la télé parce que je ne supporte pas d'entendre les bruits de sirènes sur BFM. Plutôt que la télé j'aimerais tant voir la nature, voir au-delà des platanes du parc.

Maria prend maintenant ma main pour admirer en silence la bague que je porte à l'annulaire, moi ici j'ai grossi des mains, regarde droit devant elle, lève le poing – autour de son poignet un ruban avec la clé de sa chambre – et entame *La Marseillaise* d'une voix de cristal. J'aurais voulu avoir le cran de chanter avec elle, mais je m'inquiète pour ma réputation, la peur d'être prise en flagrant délit d'accointance avec l'élément perturbateur du service.

Puis Maria s'arrête net, comme sous le coup d'un effondrement brutal de toutes ses facultés, son regard vire à l'orage, elle siffle entre ses quelques dents, c'est la menace du cobra, le coup de semonce de la sorcière, me congédie d'un geste, sautille d'impatience dans son fauteuil, et me traite d'hypocrite alors que je lui souris maladroitement.

Elle fait demi-tour, prend la direction de sa chambre, parcourt quelques mètres avant de se retourner, son visage de nouveau éclairé, cette fois d'une lueur ironique : vous savez, quand Sarkozy sera mort je ferai une grande fête, j'inviterai que des jeunes, on dansera et on boira des petites bouteilles de Coca.

Manger, fumer

Bientôt midi, les plats arrivent sous vide livrés par un prestataire extérieur, maintenus au chaud dans une armoire thermique, une odeur d'abord discrète puis lancinante de sauce madère signale l'imminence du repas. On bat le rappel, les patients mettent un couvert hâtif – beaucoup mangeront à même la barquette en plastique –, les chaises raclent le carrelage, la distribution des médicaments s'organise dans la minuscule pièce vitrée attenante à la salle à manger, on fait docilement la queue, une infirmière met en garde une stagiaire, fais gaffe avec Maria, elle planque les médocs sous sa langue et dès que t'as le dos tourné elle recrache.

Les soignants ont coutume de dire que l'administration des traitements est un moment essentiel, pour parler aux patients, scruter les visages, s'enquérir des effets secondaires. Mais la plupart confirment que ce temps de la relation est révolu depuis que le contrôle du respect des procédures est devenu aussi important que le soin lui-même. Désormais chaque soignant doit tracer dans un logiciel la délivrance du médicament au moment précis où elle a lieu. Ce geste – tendre un cachet et regarder le patient dans les yeux en prenant le temps d'une phrase cordiale, d'une main furtive sur l'avant-bras – est devenu impossible. Il s'agit maintenant d'administrer puis aussitôt cliquer, cocher, valider, soumettre, envoyer, enchaîner avec le patient suivant. La traçabilité informatique ne souffre aucun retard, aucune exception.

À l'hôpital psychiatrique, une grande part du temps infirmier est pourtant un temps informel – on s'assoit et on parle –, la bienveillance ne se chiffre pas, le plus efficace peut être imperceptible, non quantifiable. Tous le disent, on manque de soignants et les soignants manquent de temps car ils le perdent à des tâches administratives toujours plus nombreuses, des tâches comptables qui rassurent sans doute les gestionnaires déconcertés par les pratiques incertaines de la psychiatrie, rétives à toute culture du résultat.

Les patients s'assoient au gré des affinités, de l'humeur du jour ou des places encore libres, chacun reçoit sa portion individuelle en fonction des prescriptions médicales, des pratiques religieuses et culturelles – sept menus sont proposés : ordinaire, haché, mixé, 1800 calories, sans porc, sans sucre, végétarien.

À cet instant de la journée le service a plus que jamais l'air d'une scène de théâtre : tandis que les patients déjeunent, les infirmiers et aides-soignants se disposent en demi-cercle à l'entrée du réfectoire, une rangée de spectateurs, et observent – parfois momentanément distraits par un message qui vibre sur leur portable. Cela s'appelle un moment thérapeutique, un moment d'observance. On surveille d'éventuels troubles de la déglutition, des fausses routes, on détaille sans doute les postures et les comportements, on intervient si des tensions éclatent, et justement Franck se met à vociférer contre un jeune homme mélancolique qui fait mine de lui voler son pain – ces deux-là se détestent, s'évitent toute la journée, on se demande pourquoi ils se sont assis l'un en face de l'autre.

Un instant plus tard, le splendide Youcef – nez grec, cheveux pétrole gominés – taquine bruyamment Maria, la cherche, tendre et provocateur, affectueux et agressif, je le sais bien que je suis pas ton genre de mec, il mime, cruel, ses spasmes, sa lèvre inférieure qui palpite, sa main qui vibre, tout son corps frémissant et malade, saisit avec les doigts des bouchées de poisson dans son assiette, guette sa colère, mais Maria reste impassible, impériale même, se contente de lever les yeux au ciel devant ce gamin insolent.

En réalité on est surtout frappé par l'absence de conversations, le silence écrasant, à peine troublé par des bruits de mastication ou de couverts, des demandes à voix basse afin d'obtenir une part de fromage supplémentaire ou des conciliabules furtifs entre patients pour troquer une poire contre un yaourt. Chacun engloutit son repas dans la solitude de ses pensées, la sidération, ou la peine de devoir ingurgiter cette accablante nourriture de collectivité – certains ont gardé leur blouson, d'autres leurs écouteurs, certains mangent plus lentement à cause d'une main qui tremble et peine à approcher la cuillère de la bouche, d'autres ont la tête tombée dans l'assiette.

Un patient interné depuis vingt ans mange seul sa purée à une petite table d'écolier, une grande serviette, faite dans la même trame de papier bleu que le pyjama anti-suicide, couvre son torse jusqu'aux cuisses. Si Robert déjeune seul c'est pour sa sécurité, il n'a plus de dents et doit manger avec précaution, graduellement. Une fois, pour lui faire plaisir, l'infirmière a accepté de l'installer en face de Youcef, qui avale sans temps morts entrée plat fromage dessert. Robert a voulu suivre son rythme, un rythme enlevé, et s'est étouffé.

Ici on se nourrit, trop vite, trop lentement, jamais à la bonne allure, on gobe sans mastiquer ou on s'endort devant une escalope aux bords durcis. J'avais naïvement imaginé sans doute pas du plaisir mais du moins une forme de convivialité, un temps de la journée un peu moins pénible que les autres ; naïvement imaginé que les soignants déjeuneraient avec les patients, par roulement ou par sympathies partagées, pour animer modestement les repas, assurer un certain climat, soigner l'ambiance disait le psychiatre Jean Oury – préalable à tout autre soin –, travailler « les entours ».

Bientôt je serai rappelée à l'ordre pour m'être assise à la table des patients au moment du dessert, en face de Jacques qui me sollicitait, voulait me raconter comment il avait cassé une voiture dans la rue parce qu'elle respirait trop fort ; j'avais enfreint une règle que je ne soupçonnais même pas.

Puis on débarrasse avec plus ou moins de bonne volonté, on passe des lavettes sur les tables, un coup de balai, moment de flottement avant l'heure de la sieste, sommeil profond en chambre ou somnolence hébétée devant la télé, les séries décaties de l'après-midi, l'info en continu qui meuble le faux plat entre la fin du déjeuner et le goûter. Mais avant ce temps de repli, il y a celui de la cigarette, acmé de la journée.

En réalité on compte, en principe du moins, sept pics dans une journée. Les horaires des pauses cigarettes sont affichées à l'entrée du pavillon : 9 h 30, heure de remise des paquets par les soignants, puis 11 h, 12 h 30, 15 h, 16 h 30, 18 h, 19 h 30. Mais il arrive fréquemment que, faute de personnel suffisant pour ouvrir la porte du jardin et surveiller les patients, certaines pauses soient supprimées.

À l'hôpital psychiatrique, comme en prison, la cigarette est essentielle, modeste enclave de liberté et d'addiction consentie, l'envers des gouttes de neuroleptiques avalées sous contrainte, sentiment, le temps d'une clope, d'être à nouveau chez soi, stimulant intellectuel pour certains psychotiques à l'activité cérébrale ralentie, monnaie d'échange entre patients – clopes contre paquets de biscuits, clopes contre un peu d'attention –, fragile rempart contre l'angoisse et le désœuvrement – s'occuper les mains, la bouche, les narines et par là même un peu l'esprit – et borne temporelle qui donne un semblant de forme au quotidien, ce quotidien rachitique, figé, vidé de sa substance, presque effacé, où la répétition mortifère des mêmes gestes fait office de journée, faible repère qui remplit maladroitement le creux des heures, offre un minuscule horizon d'activité, de déplacement : aller dans le jardin, sentir la variation de température, lever le nez et cligner des yeux, faire quelques pas, tirer sur sa clope comme sur un détendeur de plongée, négocier une deuxième cigarette, parlementer encore puis accepter de rentrer.

La cigarette, cruciale, occupe nombre de conversations, alimente les inquiétudes – la pause de 18 heures aura-t-elle bien lieu ? combien de cigarettes me reste-t-il avant le versement de ma prochaine allocation ? –, provoque brouilles et bagarres – on se vole, on promet de rembourser sans tenir ses engagements, on s'écharpe sur le montant exact de la dette, on s'agace de ceux qui taxent et quémandent avec un air pitoyable sans jamais rendre, on soupçonne les soignants de se servir sans vergogne dans les réserves des patients, on a peur de manquer quand ici tout manque, tout fait défaut, l'argent en premier lieu, quand on a si peu à soi, parfois juste un paquet de tabac.

Agglutinés devant la porte du jardin, ils attendent Catherine, l'infirmière qui a promis de leur ouvrir une fois achevées les transmissions avec l'équipe de l'après-midi. Franck tient serré contre sa poitrine l'énorme pot de tabac à rouler de 500 grammes qu'il ne lâche pas de la journée – il ne fume plus de cigarettes filtre, qui lui donnent le hoquet me dit-il, et bientôt se convertira à la cigarette électronique –, Youcef, fébrile, tambourine contre la vitre tandis que les autres semblent résignés, habitués à patienter, à voir leurs désirs contrariés.

Catherine apparaît enfin, brandissant la clé – la même qui ouvre toutes les portes du service, chambres, bureaux, infirmerie, toilettes, buanderie, salle de repos –, on y va, pas de bousculades, y'en aura pour tout le monde.

Elle en profite pour inspecter le petit massif de roses et l'unique tulipe du jardin, arracher les mauvaises herbes. Les trois bancs sont immédiatement investis, le briquet circule, certains se replient sous l'auvent, dédaignant le baby-foot, absorbés dans la combustion de leur cigarette, la plupart s'isolent pour fumer. Youcef me fait signe de le rejoindre pour écouter de la musique sur son portable, *Je veux* de Zaz, puis *Je te promets* de Johnny Hallyday et *Casser la voix* de Bruel. Je dois chanter avec lui puis suis sommée de me taire, le portable crachote un son pénible, Youcef, mélancolique, connaît les paroles par cœur, s'interrompt parfois pour récupérer des mégots dans le cendrier, qu'il rallume et fume – une ou deux inspirations –, maugrée en arabe, de mystérieuses adresses à lui-même et au djinn, profère des menaces fantômes doigt pointé vers le ciel. Il s'assombrit, m'offre des bonbons apportés par sa mère et – il insiste – un bracelet de cuir tressé qu'il a pourtant fabriqué pour son fils en ergothérapie.

Je suis là pour schizophrénie mais je ne me sens pas malade. Catherine écoute de loin, lui fait remarquer qu'il répète sans cesse qu'il n'est pas malade mais revient toujours sonner à la porte du service, demande lui-même à être hospitalisé et prend ses médicaments sans discuter. La dernière fois tu es même allé directement au poste de police pour qu'ils te conduisent ici, tu te souviens, t'avais peur de faire une connerie. Je souffre oui, mais je ne me sens pas malade. À ce que je sache, ça va très bien dans ma tête. Et d'ailleurs je voudrais voir mes enfants pour l'Aïd, je veux un droit de visite.

Catherine ne répond pas, sollicitée par d'autres patients, qui la charrient sur sa nouvelle coupe – des mèches rouges –, Franck la hèle avec autorité, s'approche à grandes enjambées, saisit la main de l'infirmière, qui se laisse faire, pose la tête sur son épaule, fredonne une mélodie metal sur le ton d'une berceuse, lui pince la cuisse puis l'embrasse dans le cou à la volée, Catherine cette fois se dégage brusquement – le baiser, la bouche sur la peau, c'est la limite.

Moins de dix minutes plus tard il faut rentrer. Youcef annonce alors une grève des patients, mains en porte-voix, nous resterons à fumer dans le jardin aussi longtemps qu'il nous plaira. Mais le cœur n'y est pas, le timbre aigu s'affaisse sur les derniers mots, personne n'y croit, on sourit faiblement, c'est une grève pour rire, une grève de carton, d'opérette, une grève que ne sauraient porter plus d'un instant des volontés érodées par les médicaments et l'enfermement.

Il n'y a pas si longtemps pourtant le jardin était accessible en permanence, les patients pouvaient fumer quand bon leur semblait. Dans l'enceinte de l'hôpital, les situations varient d'un pavillon à l'autre ; à pathologies équivalentes, certains sont fermés en raison des exigences sécuritaires des chefs de service – qui invoquent des contraintes architecturales, car une fois franchi le grillage du jardin du pavillon il est facile de s'échapper de l'enceinte de l'hôpital –, tandis que d'autres restent ouverts.

Dans son dernier rapport, le Contrôleur général des lieux de privation de liberté notait qu'il est regrettable que les patients interdits de sortie soient contraints pour fumer dans le jardin d'attendre la présence d'un soignant. Catherine ajoute que si la porte du jardin était ouverte en permanence, on libérerait un temps de surveillance pour le consacrer à autre chose, emmener un patient chez le coiffeur par exemple. Elle a connu ce jardin ouvert autrefois et m'assure que les patients ne fuguaient pas davantage, peut-être même moins.

Catherine, militante trotskiste à 17 ans – une jeunesse de squat et de concerts –, a intégré le pavillon 4B à la fin des années 70 et ne l'a jamais quitté. Elle se souvient des dernières lobotomies, des chambres d'isolement qui ne désemplissaient pas, des cocktails médicamenteux aux effets secondaires désastreux qu'on administrait en injection avec des seringues grosses comme ça, des patients qui restaient enfermés des années, crevaient là, et qu'on enterrait dans le cimetière de l'hôpital, au fond du parc. Elle se dit de l'ancienne école, celle qui cravatait les patients au sol quand ils étaient trop agités. À mon époque on prenait un drap, on le mouillait, on l'entortillait et on le balançait dans les jambes du patient pour le faire chuter, parfois même dans la gueule. Catherine se souvient des couloirs tellement enfumés qu'on n'y voyait pas à trois mètres et des mutineries de patients au moment de la loi Évin interdisant le tabac dans les lieux collectifs. Elle se souvient des professeurs de psychiatrie en tablier et des jeunes internes arrogants avec leur col relevé, et n'a rien perdu de son insolence à quelques mois de la retraite. J'ai toujours refusé de porter la blouse blanche – elle est la seule du service –, hors de question que je me déguise en vol au-dessus d'un nid de coucou avec la blouse et le pantalon comme dans les séries américaines, on n'est pas à la télé ici.

Catherine est amère, dit que le métier s'est réduit à peau de chagrin, le chagrin des soignants, celui des patients et de leurs familles. Y'a que la société qu'a pas assez de chagrin pour nous. Les années 80 c'était fastueux, on avait les moyens financiers et matériels d'emmener les patients au cinéma, au bord de la mer, au restaurant, et surtout on avait le pouvoir de décider. Désormais la moindre initiative doit être validée par l'ordinateur, le dossier du patient doit être consulté avant toute décision. Est-ce qu'on a le droit de l'emmener à la cafèt' ? Est-ce qu'il a le droit de téléphoner ? Est-ce qu'on a le droit de faire un tour dans le parc bras dessus bras dessous et s'asseoir sur un banc au soleil ? On nous a confisqué toute liberté d'évaluation. Dix fois par jour, retourner au poste informatique, cliquer sur l'onglet du patient et obtempérer aux ordres du médecin qui légifère à distance sur les actes les plus anodins du quotidien. Désormais, la vie est sur ordonnance, téléphoner et fumer relèvent d'une prescription médicale, même le nombre de bouteilles d'eau autorisées, car on doit aussi traquer le potomane qui boit inconsidérément pour se remplir et diluer les effets des médicaments.

Nous rentrons, Catherine verrouille la porte du jardin, les patients se dispersent lentement, à pas traînants, chaussons, claquettes, baskets, chaussettes qui frottent le carrelage, temps mort dans le service, une aide-soignante se tient figée sur le seuil de la salle de repos, toque en fourrure synthétique sur la tête malgré la chaleur, elle contemple la pièce vide en marmonnant, immobile, un circuit nerveux semble bégayer quelque part dans son corps, est-ce qu'elle dévisse lentement sous nos yeux, est-ce qu'elle a basculé de l'autre côté ? Je ne la reverrai plus.

L'inventaire

Nadia est arrivée le matin même après un passage aux urgences, emmenée contre sa volonté par les pompiers. Les habitants de l'immeuble avaient signalé son comportement inapproprié ; Nadia errait en chemise de nuit et en colère dans la cage d'escalier, accusant ses voisins de la persécuter, d'avoir bousillé sa serrure avec de la colle. Elle a été admise au pavillon 4B après avoir été examinée par deux médecins comme l'exige la loi, un psychiatre extérieur, celui des urgences le plus souvent, et un médecin du service.

Catherine s'occupe de son installation, lui fait remplir une fiche de douleur somatique – je me sens pas bien ; ça veut dire quoi ? précisez ; j'ai mal à la tête ; vous avez mal à la tête parce que vous êtes angoissée ou parce que vous avez vraiment la migraine ?

Catherine raconte que les arrivants, sous le choc de l'internement, formulent difficilement leurs émotions, les mots glissent vers des demandes somatiques, des demandes d'antalgiques qui trahissent leur angoisse, les cœurs débondés dans les cages thoraciques.

On installe Nadia dans sa chambre et, avant de lui passer la fameuse chemise de nuit réglementaire, on procède à l'inventaire des effets personnels, rite de passage au moins aussi agressif, même si nécessaire. L'inventaire permet officiellement de vérifier que le patient ne conserve rien de dangereux et de prévenir d'éventuels vols. Catherine contrôle le contenu de la trousse de toilette avec des gestes brusques qui heurtent Nadia – elle aurait voulu un peu de considération pour des produits de beauté qui lui ont coûté la moitié de son RSA. Catherine confisque les ciseaux à ongles, des épingles à cheveux, les cigarettes et le briquet, une écharpe, une ceinture, le portable et des écouteurs, et 23 euros en billets de 5 et petite monnaie. Elle récupère également les sachets de pastilles à la menthe. Tout sera remisé dans une armoire à laquelle seuls les soignants ont accès. Devant les faibles protestations de Nadia – pour la forme car elle a été informée de la règle –, Catherine lui indique d'un coup de menton l'affichette épinglée dans le couloir : « Interdiction de remettre en mains propres aux patients cigarettes et briquets. Merci de les confier au personnel soignant de l'unité. Par ailleurs, dès l'entrée dans le service, toute denrée alimentaire est à donner aux soignants directement. Tout stockage dans les chambres est interdit. Sont autorisés dans l'enceinte de l'établissement les gâteaux secs emballés, les boissons (coca, jus de fruit… sous emballage plastique), les fruits (pommes, bananes, poires…). » On a rajouté et souligné à la main : « en quantité raisonnable ».

Si l'inventaire est une mesure de précaution, il dépouille aussi les patients de toute propriété, et même plus modestement de toute possession, de leurs objets les plus ordinaires ; en les privant on donne parfois à ces objets une importance considérable, dramatique, on fait d'une boîte de chocolats ou d'un porte-clés le réceptacle de tourments et de frustrations démesurés, et de leur restitution une obsession. Catherine reconnaît que confisquer à un patient psychotique ses effets personnels peut tragiquement enflammer son anxiété.

Nadia devra désormais réclamer, solliciter l'autorisation d'accéder temporairement à des confiseries ou à son portable, ou de récupérer sa carte SIM – elles sont souvent confisquées et les téléphones ne servent plus qu'à écouter de la musique.

Nadia voudra alors s'attirer les faveurs des soignants, imaginant à tort ou à raison qu'une attitude déférente et résignée lui permettra d'obtenir plus facilement ses quelques euros, ses quelques bonbons, devenus non plus ses biens mais des récompenses octroyées par d'autres, une monnaie d'échange.

L'inventaire forme avec le pyjama un redoutable diptyque, les deux faces de l'intronisation psychiatrique, un rite de renoncement et de soumission. Catherine, y procédant, admet qu'il permet d'évaluer la docilité des patients, de faire une première estimation de leur adhésion aux soins, à une situation, violente, que la plupart n'ont pas choisie. Elle ajoute qu'on classe ainsi les patients dès leur arrivée

– classement informel et implicite, hors de toute appréciation clinique, mais qui fige parfois pour longtemps. Il y a les bons et les mauvais malades, ceux qui acceptent l'inventaire sans rechigner, facilitent le travail, et ceux qui se rebellent et parlementent.

Le mauvais malade c'est celui qui me rend coupable de le dépouiller, qui fait de moi une matonne. Le mauvais malade, que l'inventaire fait enrager, va vous donner du fil à retordre, on se dit que ça s'emmanche mal. Pour certains infirmiers c'est déjà un symptôme, le signe d'un dérèglement, pourtant quoi de plus normal que de se révolter contre l'arbitraire. Ils m'emmerdent mais je les comprends. En réalité, si je suis honnête, le patient qui se plie docilement à l'inventaire, ça m'arrange mais ça m'inquiète pour lui ; se soumettre à un geste aussi intrusif me semble beaucoup plus pathologique que résister, même bruyamment, même violemment. On s'en réjouit, on se dit c'est bien il s'adapte rapidement, il a compris pourquoi il était là, mais on confond peut-être adaptation et servitude.

Quand je demande à Franck, qui connaît si bien et depuis si longtemps la vie dépouillée de la psychiatrie, ce qu'il pense de ces confiscations, il me répond que cet après-midi il me rendrait bien mon sourire contre un kebab sauce blanche harissa, que c'est insupportable de ne même pas pouvoir obtenir un putain de sandwich, ce putain de sandwich qui me rendrait tellement heureux pendant au moins une demi-heure.

Mais le moindre plaisir est soumis à autorisation et les autorisations n'arrivent jamais ou arrivent trop tard, quand le désir est éteint, carbonisé à force d'ajournements et de frustrations.

Ici on ne cherche pas de faveurs, on n'espère aucun gain, seulement de ne pas être davantage spolié, on parlemente pour conserver une bouteille de parfum dans la salle de bains, on voudrait une clé à l'armoire de sa chambre, on ne peut pas entendre que ces privations font partie du soin, on constate seulement que les objets les plus personnels sont saisis, qu'il faut ôter ce collier qui pourrait étrangler alors qu'on saurait très bien comment se tuer s'il le fallait. Le *à soi* ça n'existe presque plus. Les initiatives les plus banales sont anéanties, tout ce qu'on accomplit sans même y songer, ces infimes licences du quotidien – mettre du beurre salé sur ses biscottes, monter au maximum le son de la radio sous la douche, allumer sa cigarette avec des allumettes plutôt qu'un briquet et s'asseoir sur le rebord d'une fenêtre pour fumer.

Alors Franck expliquera à Nadia comment intriguer pour adoucir le quotidien, mettre en place des stratégies de résistance, d'accommodement du moins, bricoler un mensonge, profitant de la désorganisation du planning infirmier pour obtenir une pause clope supplémentaire, des vêtements sciemment égarés pour une sortie au magasin, des caches dans les chambres des uns et des autres pour dissimuler un peu de tabac, des maux de ventre outrés pour un thé chaud et une bouillotte. On négocie à longueur de journée, espérant en avoir certains à l'usure, on tente de monter les soignants les uns contre les autres, pas dupes, en livrant des versions contradictoires, en surjouant son anxiété – les larmes sont parfois factices –, en flattant les plus empathiques pour pouvoir téléphoner à son fils – et l'insulter –, et on fait un peu de troc avec les autres patients, des centimes d'euro, un déodorant au vétiver et des canettes de Coca, trois clopes contre un partage de connexion quand la carte SIM a été confisquée.

Nadia, maintenant vêtue de la sinistre chemise de nuit à fleurs, vient s'asseoir entre Franck et moi ; elle est si lasse mais veut parler. Qu'est-ce que je fais là ? On dit que j'ai des troubles mentaux alors que je fais seulement la fofolle, des imitations, des grimaces, rien de grave. Je n'ai pas d'amis, pas de famille, personne à prévenir. Personne ne peut savoir que je suis là, personne ne peut s'inquiéter. Je vis seule, j'aime la solitude, je me fais belle, je me fais à manger, je pense à des choses dans ma tête, mais je suis sociable je parle aux gens dans le bus. Ma fille a 21 ans maintenant, on me l'a enlevée il y a longtemps, à ma première hospitalisation pour hallucinations, ils l'ont placée en foyer et depuis je n'ai plus beaucoup de nouvelles. C'est la faute à mon médecin généraliste pied-noir qui m'a dénoncée aux services sociaux parce que je suis arabe. C'est vraiment un drôle d'endroit l'hôpital, quand je suis arrivée, Catherine l'infirmière m'a demandé si j'étais constipée, parce qu'il paraît que la constipation chez les vieux, suis pas si vieille pourtant, ça peut donner des troubles confusionnels comme ils disent. De toute façon en sortant d'ici je compte m'inscrire en tant que maître de conférences en géographie humaine. J'ai pas l'air comme ça mais j'ai fait de grandes études de géographie et je préfère la géographie humaine à la géographie physique.

Les phrases de Nadia sont de minces filets d'eau, sa voix molle, Franck se penche pour ne pas en perdre une note, hoche la tête en silence, puis le filet d'eau se tarit, il pose une main sur la sienne, vous savez Nadia, ici on ne peut pas se rassurer les uns les autres parce qu'on a tous tellement de problèmes.

Bientôt on apprendra que Nadia n'est nullement paranoïaque, du moins dans l'affaire qui l'a amenée ici. Des voisins, hostiles et comploteurs, avaient bien saboté sa serrure. Quelques jours plus tard, alors qu'elle est toujours internée, ils racontent à la gardienne de l'immeuble que Nadia vient de déféquer sur leur paillasson comme un chien. La gardienne, loyale et scrupuleuse, prévient immédiatement le cadre de santé du pavillon 4B, espérant qu'un peu de justice soit rendue à une femme esseulée et hospitalisée sous contrainte.

Le soldat inconnu

Youcef s'est endormi devant la télé, tête renversée, respiration syncopée. Un infirmier vient le réveiller avec précaution, d'abord sans le toucher, avec la voix, et comme cela ne suffit pas en effleurant son épaule. Youcef sort de sa torpeur, on lui chuchote qu'il a rendez-vous avec la psychiatre pour évaluer son traitement ; l'infirmier l'y conduit et assistera, comme c'est la règle, à l'entretien. Après avoir reçu l'assentiment du médecin, Youcef me donne également l'autorisation de rester à condition que je veuille bien au préalable lui serrer la main ; Sarah, la psychiatre, me tend d'office un flacon de gel hydroalcoolique. Vous ne connaissez pas encore le jeu préféré de Youcef ? Il se tripote le sexe puis s'avance avec un grand sourire pour vous saluer. Avec les nouveaux venus il fait ça dix fois par jour, ça l'amuse beaucoup. Youcef ne réagit pas, attend qu'on lui propose de prendre un siège, guette en coin ma réaction, je ne sais pas si je dois me laver les mains, on me somme de choisir mon camp et je n'ai pas le temps de la réflexion – à cet instant avec qui ai-je envie de faire alliance ?

Dès les premiers jours s'est installée une forme d'ambivalence à l'égard des deux camps, soignants et patients, je balance de l'un à l'autre. Prendre parti est impossible, intenable dans la durée, il faut rester diplomate, neutre, épouser des situations, des vérités et des accointances qui ne cessent de se retourner, de se reconfigurer, éprouver chaque jour un nouveau trouble, apprendre à circuler et flotter parmi les points de vue souvent contradictoires des uns et des autres, assumer le sentiment d'être finalement traître à tous, au médecin comme à Youcef.

Je me résous à accepter le flacon de gel hydroalcoolique mais je ne m'en sers pas, voilà le médiocre compromis, tandis que les deux ont déjà oublié ma présence.

Entre Youcef et Sarah passe une frontière, matérialisée par un imposant bureau – modèle mélaminé des vieilles administrations – qui fait barrage, impose une distance, assoit une autorité. Sarah est considérée comme une excellente clinicienne, une grande spécialiste des molécules et de leur maniement, mais aussi comme une thérapeute sûre d'elle, parfois brusque et hautaine avec les patients qui, sortant d'entretien, disent leur sentiment d'avoir passé un sale quart d'heure.

Pour le moment, Sarah se balance dans son fauteuil, toise Youcef avec ironie, qu'elle connaît et soigne depuis des années – comme Franck, il ne cesse d'aller et venir entre la ville et l'hôpital ; en retour il lui décoche des regards noirs, le silence s'installe, un duel de western, on attend que l'un dégaine. Je n'ai pas peur de mourir pour ma patrie, je n'ai peur que de mon dieu. Et je dois bientôt rejoindre Tsahal, j'ai été contacté. Vous avez déjà essayé de me mettre le 11 septembre sur le dos, maintenant ça suffit.

Dans ses errances, Youcef se prend pour un agent de la DGSE chargé de la lutte contre le terrorisme, et à chaque attentat, à chaque bombe qui explose, en France comme ailleurs, il s'enfonce dans le remords, ayant échoué à protéger la nation.

Sarah m'apprend qu'il est fondamental de laisser le patient psychotique délirer sans le contredire. Le contenu du délire ne doit pas être abîmé ou attaqué au moment même du délire, on s'en occupera plus tard, après la crise. Freud disait que le délire est comme une tentative d'autoguérison du patient, il en a besoin. Quand Sarah dit Freud je pense aux philosophes Deleuze et Guattari pour qui le délire est moins familial qu'historique, politique ou religieux : on délire moins papa maman que le champ social, le monde, Jeanne d'Arc, les juifs, les communistes, l'argent, les francs-maçons, et aujourd'hui Daech, les femmes voilées ou le coronavirus. Youcef est bien le schizo rêvé de Deleuze et Guattari.

Plus tard, au détour d'un couloir, l'air de rien, presque minaudant, Youcef me confiera son secret : le soldat inconnu c'est moi. Et cet aveu éclairera un instant ses tourments, si difficiles à partager, à formuler.

L'affirmant, Youcef m'annonce qu'il est mort, qu'il est vain de le croire encore en vie – chair à canon dans une guerre qu'il n'a pas choisie, envoyé au feu contre sa volonté, corps livré à la barbarie médicale, conscrit d'office. La folie et la psychiatrie ont fait de lui cet anonyme gisant dans une tombe, défiguré, mort pour la France. Ni oubli ni pardon, voilà ce que voudrait crier Youcef sur tous les toits si on le laissait sortir.

Soldat inconnu, il est cet homme privé de nom, d'identité, un disparu, dissous dans l'hôpital, cet homme qui voudrait que la patrie, ou la psychiatre, le regarde, le considère, le reconnaisse comme l'un des siens. Un homme parmi tant d'autres, qui les incarne et les représente, tous ces péris, amputés, fracassés, éborgnés, compagnons d'infortune et d'injustice.

Au pavillon 4B, qu'il fréquente depuis tant d'années, Youcef entretient la mémoire des gueules cassées de la psychiatrie, des têtes brisées, des cerveaux éparpillés. Ici, tel le soldat inconnu, il n'est personne, une ombre dans les couloirs, et tout à la fois, comme lui, il est l'élu, le héros, ne peut être que cela car, comme me le signalait un infirmier, tout délire est par nature mégalomaniaque, on ne se prend jamais pour une boulangère quand on est expert-comptable, plutôt pour Marie Curie ou Zidane. Pourtant, dans cette confession de Youcef, le symptôme, sa part inquiétante, pathologique, comique peut-être, n'ont plus aucun écho, s'effacent et cèdent devant une autre puissance, un autre savoir, une révélation : Youcef est bien le soldat inconnu de la psychiatrie française.

Mais aujourd'hui, dans ce bureau dépouillé et surchauffé, Sarah semble vouloir emmener Youcef sur un tout autre terrain, et d'un ton narquois lui demande s'il a récemment entendu parler d'agressions sexuelles dans le service. Quand il est au plus mal Youcef est envahi d'images violentes et d'angoisses sexuelles, persuadé que toute femme qui s'occupe de lui, le soigne, lui parle, a été ou sera immanquablement violée par un homme du même service. Mais Youcef, maintenant silencieux, n'entre pas dans son jeu, pas cette fois-ci, il n'est pas d'humeur. Sarah insiste, cherche peut-être à raviver un délire assoupi pour que la psychose s'exprime, bondisse comme un fauve hors de Youcef, s'écoule comme une bile noire le long de son corps épaissi par les médicaments. Une des techniques éprouvées de la psychiatre consiste en effet à provoquer, dégonder la folie du patient, puis la faire reculer, la résorber – c'est ainsi que Sarah exerce son pouvoir et son art.

Des esprits sarcastiques, accusateurs, pourraient sans doute reprocher à Sarah de déchaîner la folie de Youcef pour en obtenir une preuve éclatante, augmenter son traitement en conséquence, resserrer sans scrupule la camisole chimique.

Elle se tourne maintenant vers son ordinateur, quitte Youcef du regard et y reviendra à peine, s'adressant à lui les yeux rivés sur un fichier Excel, tapotant sur son clavier ; il s'agit désormais d'ouvrir le dossier du patient, de consigner toute parole, de coder toute prise de décision, de cocher des cases colorées correspondant à des molécules. Youcef est sous clozapine et Sarah juge le traitement peu efficace. La clozapine, médicament de dernier recours, est un neuroleptique dont la prise doit être particulièrement surveillée car il fait chuter les lymphocytes ; Youcef et les autres se soumettent donc régulièrement à des prises de sang. Les effets indésirables sont également nombreux – somnolence, mouvements incessants des jambes, sécheresse de la bouche ou au contraire hypersalivation, sudation excessive, prise de poids, incontinence ou rétention urinaire, et on en passe – et surtout, inconvénient majeur, la clozapine n'existe pas sous forme d'injection retard, cette piqûre mensuelle qui permet, le reste du temps, d'oublier la chimie, et de quitter l'hôpital.

Si Youcef, comme Franck, comme l'immense majorité des patients, réapparaissent régulièrement au pavillon 4B, c'est aussi parce qu'une fois dehors ils interrompent leur traitement, renoncent à la prise fastidieuse de cachets plusieurs fois par jour. Ils se retrouvent souvent seuls, sans travail, pas assez suivis, les effets secondaires et les contraintes – programmer son réveil à 7 heures pour le cachet du matin, qui ne peut pas être pris une heure plus tard – ont raison de leur fragile énergie. C'est aussi que Youcef, momentanément apaisé par la clozapine, a le sentiment d'être guéri, alors pourquoi continuer une médication aussi contraignante quand bander et boire une bière sont de nouveau à portée de main. Ce sont le plus souvent des traitements à vie, que les patients devraient prendre sans se poser de questions mais ils s'en posent, ils vont mieux, ne se sentent plus malades et s'en posent d'autant plus, leurs délires atténués devenus parfaitement compatibles avec la réalité.

Pour Youcef, Franck et tant d'autres, hors de l'hôpital, la maladie redevient abstraite, désincarnée, nulle inscription corporelle n'en témoigne, pas de rougeurs, d'essoufflement, de tumeurs, de douleurs même pour l'attester, pas de preuves tangibles, juste un mot – schizophrène, bipolaire, psychotique – qu'on prononce de moins en moins souvent. Seul le protocole hospitalier rend concrète la maladie, matérielle la folie, seuls les blouses blanches, les piluliers et les rituels de l'enfermement peuvent, de manière précaire et fragile, convaincre, exhorter – ou obliger – Youcef et Franck à se soigner.

Devant l'échec de la clozapine et de tous les autres traitements, Sarah propose une nouvelle fois à Youcef la sismographie. J'ai failli devenir un animal avec la clozapine, et maintenant vous voulez me faire un lavage de cerveau. Elle ajoute que tant qu'il refusera la sismo il ne sortira pas. Pour les patients chimiorésistants c'est comme ça monsieur Milad, vous n'êtes pas en état de nous quitter.

Les électrochocs se révèlent souvent plus efficaces que les molécules, avec moins d'effets secondaires, mais comment ne pas être effrayé. Et ceux qui ont banni l'usage des termes sismographie et électrochocs pour leur préférer l'électroconvulsivothérapie croient-ils vraiment calmer notre imagination, effacer la cale dans la bouche du patient pour éviter les dents cassées et la langue mordue ? Me viennent spontanément des images barbares de corps spasmophiles, tétanisés, violemment secoués, quand on me dit que désormais les patients sédatés ne souffrent plus de contractions musculaires, qu'on observe à peine un léger soubresaut du bras ou de la jambe.

La sismographie consiste à provoquer une crise d'épilepsie – dont on a découvert qu'elle apaisait la schizophrénie – grâce à l'électricité. Sous anesthésie générale, et sous contrôle encéphalogramme, on envoie dans le crâne du patient une série de brèves et faibles stimulations électriques. La séance dure quelques minutes seulement, l'épilepsie libère des substances dans le cerveau, les neurotransmetteurs s'ajustent, l'esprit se rééquilibre, les symptômes dépressifs, hallucinatoires et délirants se dissolvent dans l'électricité.

Cependant la sismographie a aussi ses contraintes, Sarah annonce plusieurs séances, au moins dix, renouvelées deux ou trois fois par semaine. Elle promet à Youcef qu'elle sera toujours là au moment de son réveil, elle ou un autre médecin, et aussi un infirmier et l'anesthésiste, mais il n'en croit rien. Elle lui assure qu'il ne sentira rien, qu'il sera peut-être un peu confus pendant une heure, éventuellement des nausées ou des maux de tête passagers, guère plus, de très légères pertes de mémoire, ce que vous avez mangé la veille par exemple, mais Youcef se méfie.

Quinze jours après cet entretien, alors que Sarah ne croyait plus dans les vertus de la clozapine, la molécule a agi, Youcef va mieux, se félicite d'avoir refusé la sismographie, s'en vante bruyamment dans les couloirs, c'est de bonne guerre, et m'annonce sa sortie. La première chose que je vais faire dehors ? Manger un bagel thon-mayo-avocat avec un Fanta orange.

Dix jours plus tard, je retrouve Youcef dans la salle télé, abattu et résigné. Le shit combiné à l'arrêt brutal de son traitement a eu raison de sa liberté recouvrée. En arrivant au pavillon il a expliqué au médecin généraliste que la clozapine est décidément trop chimique, trop toxique, et qu'il n'entend pas se transformer en légume comme Robert à force d'avaler cette saloperie.

À la cafétéria

C'est un jour particulier pour Maria, un jour de fête, et la raison en est si modeste qu'on hésite entre la joie et la consternation. Aujourd'hui Maria a l'autorisation de se rendre à la cafétéria de l'hôpital, et moi de l'accompagner, une aide-soignante poussera son fauteuil jusqu'à la grande salle où s'alignent les distributeurs de boissons et de confiseries.

Pour l'occasion Maria a quitté sa chemise de nuit imprimée de minuscules fleurs jaunes et mauves, et s'est habillée. Elle a pu faire quelques courses lors d'une autre journée exceptionnelle, longtemps attendue, deux heures au centre commercial pour renouveler sa garde-robe.

Maria a choisi des chaussons à tête de chat, un legging noir brodé de roses sur les mollets, un pull couleur pêche, à paillettes, de la couleur et de la lumière, des matières douces et chaudes, réconfortantes ; on cherche peut-être la tendresse qui manque dans les vêtements ou dans un capuccino au distributeur Selecta. Maria a encore la force, la détermination d'être coquette, et je me demande si, malade et enfermée, privée de toute vie sociale et affective, de tout regard autre que clinique, j'aurais cette même volonté, autant de pugnacité et de précision dans mes désirs. Car Maria envisageait exclusivement des paillettes, un motif animal et une couleur pastel pour son pull, c'était ça ou rien, c'était, beaucoup plus que se vêtir, affirmer un style, celui qu'elle voudrait donner à sa vie, et investir ce mince espace de liberté quand tout est sous contrainte – on n'est plus libre de grand-chose, si ce n'est d'acheter des chaussons à tête de chat.

Voilà où se loge la vie, l'exercice de la vie, la pratique d'un semblant de quotidien, une simulation, voilà où humer l'air du dehors, deux ou trois inspirations avant de retrouver le service fermé, dans un magasin de vêtements, à la cafétéria de l'hôpital, au salon de coiffure-esthétisme où Maria aimerait prendre rendez-vous pour une couleur, mais une pancarte annonce que « le salon est fermé pour 15 jours. D'ici là prenez soin de vous. Vous le valez bien ».

Maria rêvasse maintenant devant le distributeur de boissons chaudes, la photo rétroéclairée d'une tasse coiffée de mousse de lait, le large choix de préparations – expresso, macchiato, capuccino, chocolat viennois, latte, potage à la tomate, thé citron –, la dizaine d'options, du moins au plus sucré, du moins au plus corsé. Dans le creux de sa main des pièces jaunes qu'elle compte et recompte – combien pour une canette de Coca, un sachet de madeleines et un café allongé ? –, son doigt hésite sur la touche digitale du sucre, elle cherche quelqu'un ou quelque chose du regard, appuie exagérément sur le pictogramme café, regarde couler le liquide fumant avec satisfaction.

Dans l'enceinte de l'hôpital psychiatrique la cafétéria est un peu à l'écart des différentes unités de soin ; vaste espace carrelé et lumineux, elle s'ouvre sur un jardin. On y trouve une bibliothèque, des jeux de société, on peut s'installer dans un canapé, à une table de bistro, lire la presse, retrouver quelque chose du dehors, d'autant plus que la plupart des consommateurs ne portent pas le fameux pyjama bleu, sont des patients dits stabilisés, hospitalisés dans des pavillons ouverts, libres de leurs mouvements et de leurs vêtements. Un lieu de vie qui peut sans doute donner aux patients le sentiment provisoire d'une existence dite normale ; mais mon regard balaye l'espace, est arrêté par une affichette annonçant que désormais plus aucun café ne sera servi au comptoir, et cette information anéantit aussitôt la chaleur de l'endroit. Le bar est bien là, comptoir astiqué, tabourets hauts alignés, une machine à expresso chromée à l'arrêt, quelques tasses empilées, un torchon propre, mais personne derrière le comptoir, personne accoudé au zinc.

Il y a un mois encore c'est au bar que Maria aurait demandé un café et un paquet de biscuits, et peut-être des cigarettes, un peigne et du savon. C'est à une femme de 50 ans qu'elle aurait tendu son billet défroissé ou sa petite monnaie. Désormais, des distributeurs automatiques ont remplacé le zinc et la vie de l'hôpital s'est mise à battre plus faiblement, amputée d'un organe essentiel. Les tasses Arcopal – et le sucre emballé, parfois une amande au chocolat – ont disparu au profit de gobelets en plastique qui brûlent les doigts, de touillettes qu'on casse machinalement entre ses dents. Plus personne derrière le bar pour dire qu'est-ce que tu veux boire, plus de regard interrogateur, de coup de menton, plus ce geste de poser d'abord la soucoupe, de faire tinter la cuillère, plus de blagues de comptoir et, en conséquence, une réduction des paroles échangées, des possibilités d'interactions, des éventuelles accointances.

Quand le moindre geste est de soin, son interruption peut être bouleversante, dramatique. Quand le moindre geste est aussi du langage, une parole adressée, sa disparition est une forme de maltraitance, une manière brutale de se détourner. Ici le moindre geste compte, soigne, peut anéantir aussi. Il y en a qui sombrent de ne plus rencontrer chaque matin cette femme qui leur préparait un café, un café qui ressemblait à celui de la vie d'avant, l'expresso des troquets de quartier et des habitudes matinales.

Depuis la suppression du bar, la cafétéria est désertée par les patients, d'autant plus qu'on y vendait aussi des clopes et des produits de première nécessité. Il se dit que le comptoir a fermé à cause de la tenancière, accusée de vendre du cannabis aux malades, débarquée un matin à l'ouverture en présence du DRH et de la police. C'est la rumeur qui court, mais beaucoup de patients, et de soignants, se disent prêts à signer une pétition pour exiger son retour. Et puis vous savez, les dealeurs de shit y'en a plein le parc de l'hôpital, c'est très facile de fumer ici – je croiserai en effet des patients, à moins que ce ne soit des visiteurs, sereinement posés sur des bancs, expirant des nuages de fumée sucrée, émiettant consciencieusement une boule de résine dans le creux de la main. Nombre d'infirmiers et de médecins se plaignent de leur présence, accusant la direction de ne rien faire pour les chasser quand le cannabis est connu pour provoquer de graves hallucinations chez les patients schizophrènes, déclencher divers délires et faire décompenser les plus fragiles ; même s'il a aussi, chez d'autres, des vertus apaisantes.

La cafétéria était-elle la plaque tournante de ce marché local ? Maria n'y croit pas et estime que même si c'est le cas, le bénéfice apporté aux patients était très largement supérieur aux éventuels préjudices, que le renvoi de la taulière est donc contraire à la mission thérapeutique de l'hôpital ; elle envisage même d'attaquer la direction pour mise en danger de la vie d'autrui – vous verrez, si y'en a un qui se suicide de plus avoir son petit noir et des mots gentils.

En attendant une éventuelle réouverture du bar – mais il semblerait que des contraintes budgétaires soient maintenant invoquées pour ne pas remplacer la précédente serveuse –, la cafétéria tente de faire revenir les clients en organisant des animations, et cet après-midi c'est karaoké. On a installé un écran, des enceintes, branché deux micros sur pied, un homme en blouson chante *Tout le bonheur du monde* de Sinsemilia, ne suscitant aucune réaction si ce n'est les encouragements d'une aide-soignante malhabile et volontaire qui tape dans ses mains, cherche du regard d'autres patients susceptibles de le rejoindre sur la piste, mais les visages plongent dans les gobelets et les écrans de portable. L'homme sort de sa poche un harmonica, accompagne avec dextérité la partie instrumentale des *Élucubrations* d'Antoine, ondule doucement, ferme les yeux, s'absente dans la musique.

Le morceau prend fin, deux spectateurs applaudissent sans conviction, l'homme à l'harmonica laisse sa place à une grande femme habillée de cuir noir, boa mauve autour du cou, sac à main en bandoulière, les lèvres rouges, les paupières bleues, imposante et sûre d'elle, habitée ; elle prend une large inspiration et entonne d'une voix fausse *Libérée, délivrée*, l'hymne du dessin animé *La Reine des neiges*. Une petite troupe de soignants improvise spontanément des chœurs, l'ambiance, poussive, se réchauffe un peu, des têtes se tournent vers la scène, dodelinent, des sourires et quelques pieds qui battent la mesure ; mais la grâce ne dure que le temps d'une chanson, la fête retombe aussitôt, la gaieté fastidieuse ne prend pas, tandis qu'à l'écran défilent toujours des clips d'Aznavour, Dalida et Téléphone. Les aides-soignants ont beau faire le tour des tables pour recruter des chanteurs, personne ne viendra plus se planter devant le micro, chacun reste vissé à sa chaise, l'air buté ou désolé.

Une vieille femme en manteau de peau et escarpins à talons est momentanément prise pour une candidate, on se précipite, mais si elle s'est levée c'est simplement pour quémander une cigarette.

Il est temps de rentrer, l'aide-soignante empoigne le fauteuil roulant, se penche à l'oreille de Maria qui, animal à sang froid, lève lentement ses yeux dorés, des calots d'uranium, et demande avec malice si je serais d'accord pour la prendre chez moi. J'imagine aussitôt Maria trônant dans mon salon, sa présence imposante, et je sais que ma patience et mon empathie n'iraient pas au-delà de quelques heures, qu'à l'épreuve des faits – l'intrusion des faits dans ma vie – je ne résisterais pas longtemps. Je bricole une réponse, je vous aime bien Maria mais faut pas pousser, elle sourit et je me demande si c'est la bonne réponse, y a-t-il seulement une réponse adéquate quand à l'hôpital psychiatrique chaque parole prononcée a des conséquences, réconfortantes ou délétères, sans qu'on puisse toujours les mesurer, sans qu'on puisse toujours juger si les mots apaisent ou déchirent.

Le temps des gestionnaires

Celui qui a autorisé cette humble sortie à Maria, formalisé la décision du médecin, est le cadre de santé. Représentant du directeur au pavillon 4B, petit DRH local, gestionnaire du personnel et du budget, il est le garant des soins, et des droits des patients ; il joue aussi le rôle de médiateur, de facilitateur, entre les familles, dont il reçoit les plaintes et les demandes, et l'hôpital, entre les médecins, qui négligent parfois de recevoir un malade, et les internés. Miguel est un intermédiaire, il filtre les relations entre les échelons supérieurs de l'hôpital – psychiatres, chef de service, directeur administratif – et les hospitalisés et leurs proches, les sous contrainte, les contre leur volonté, les malgré-nous de la folie.

Pour signifier cette disponibilité, Miguel laisse la porte de son bureau ouverte et a décoré les murs des dessins érotiques de Franck et Youcef. Dans son bureau qui sent la vanille et le cuir humide – son blouson de motard sèche sur une patère –, c'est un défilé permanent, une litanie de récriminations, demandes de coups de tampon et validations en tous genres. Un patient qui a raté l'heure de la pause clope et veut sortir s'en griller une, un infirmier fiévreux qui ne peut plus assurer son service, une aide-soignante et un patient en conflit d'interprétation sur la possibilité de récupérer des lacets de chaussures – Miguel arbitre, tranche, restitue un portable, signe une autorisation de sortie, fixe la date et l'heure, trouve des accompagnateurs, organise le transport, cherche des vacataires pour remplacer une infirmière en arrêt maladie, valide les congés pour formation, remanie sans cesse les plannings au gré des pénuries de personnel, rédige des bons de commande pour réapprovisionner le service en savon, et me dit qu'il en crève de cette formalisation excessive – 60 % de mon temps devant un ordinateur alors que je suis infirmier c'est pas acceptable.

Miguel vient du temps d'avant, avant la suppression du diplôme spécialisé d'infirmier psychiatrique en 1992, avant le retour massif de la médicalisation et l'obsession de la réduction des coûts à l'hôpital. Il a connu les dernières années d'un âge d'or de la psychiatrie, entre 1960 et 1990, la remise en question de l'enfermement, le développement d'une médecine de secteur hors les murs, les mouvements désaliénistes, la psychothérapie institutionnelle qui entend soigner l'hôpital autant que les malades, détruire les hiérarchies et privilégier les collectifs, la parole avant les médicaments. Puis il a vu les gestionnaires reprendre le pouvoir, les administratifs mettre brutalement fin aux pragmatiques utopies – des cuisines où soignants et soignés préparent ensemble les repas, des buvettes tenues par des fous –, supprimer des dizaines de milliers de lits, répandre l'idée que la psychiatrie coûte trop cher à la société.

Miguel regrette ce temps perdu, se souvient pourtant avec ironie de sa phobie des schizophrènes, lui qui se destinait à une vie d'artisan. À 19 ans, déjà père, il pose des cuisines pour quelques centaines de francs. Un ami lui parle du concours d'infirmier psy, une formation payée contre un engagement de cinq ans au service de l'hôpital public. Miguel devient infirmier pour l'argent et se découvre un talent pour la parole, une inclination pour le genre humain quand il sort de ses gonds – ma phobie est passée, la folie s'est banalisée et le contact avec les malades m'a plu.

Nous sommes interrompus par Julia qui toque timidement à la porte, ouverte, pour demander à Miguel si on peut éteindre la télé, ou regarder autre chose que BFM TV parce qu'on parle d'elle dans les reportages et c'est angoissant d'entendre son nom dans la bouche des présentateurs.

Julia a 18 ans, souffre de délires de persécution, et a été internée suite à une crise dans le tramway. Le médecin a exigé qu'elle ne regarde pas les chaînes d'information en continu, un poison anxiogène pour nombre de malades, en premier lieu les paranoïaques, qui y entendent les voix de leurs persécuteurs ; ils se sentent suffisamment tourmentés par les soignants, à juste titre surveillés et observés – de quoi conforter leur paranoïa –, pour qu'on n'en rajoute pas avec BFM.

Miguel se lève pour changer de chaîne, propose les clips sur MTV, suggestion mollement approuvée par les quelques patients qui somnolent devant l'écran, ça ou autre chose. Il s'assure que Julia ne se retrouve pas débordée par l'angoisse, effleure le haut de son dos et revient me faire le récit de ce qu'il nomme la gorgone administrative, un pouvoir ordonnateur lointain et insaisissable, dissous dans une chaîne de décisions et de responsabilités qui va de l'agence régionale de santé au directeur financier de l'hôpital, et dans laquelle chaque interlocuteur renvoie à un autre de telle sorte que toute part, toute implication se diluent, que les individus demeurent inatteignables, planqués derrière les impératifs budgétaires : autrefois l'administration était cette mère attentive et généreuse qui ravitaillait chaque mois les internés en paquets de Gauloises, en litron de vin et en timbres, aujourd'hui elle entend se mêler du soin – qui n'est pas son métier – et c'est un désastre. Regardez nos locaux, on a veillé à les mettre aux normes incendie mais certainement pas aux normes éthiques. La direction n'avait même pas prévu d'occulter les fenêtres des chambres, il a fallu le faire nous-mêmes avec du carton avant d'obtenir, au bout de six mois, du film occultant. Je passe sur les heures de discussion et les bordereaux à remplir pour se procurer quelques rouleaux de scotch. En ce moment j'essaye de leur arracher 500 euros, de quoi racheter de la mosaïque pour l'atelier d'ergothérapie, et je n'y parviens pas.

Dès que l'administration met le nez dans notre quotidien, ça déraille. Il y a une dizaine d'années, on avait encore un atelier cuisine dans le pavillon, les patients pouvaient s'y inscrire librement, après avis du médecin, on se lavait les mains, on s'attachait les cheveux, on mettait un tablier, et on cuisinait. La direction a jugé que les conditions sanitaires n'étaient pas suffisantes, qu'il fallait désormais s'habiller d'une manière hygiéniquement validée – ce sont leurs mots, hygiéniquement validée – pour avoir l'autorisation d'y participer. Je ne sais pas vraiment ce que cela signifiait, peut-être enfiler une charlotte, des gants, peut-être que les pulls informes en mohair de Maria y étaient désormais interdits, bref plus personne n'a voulu participer à l'atelier – trop de règles supplémentaires pour des patients déjà sous contrainte – et il a fermé.

Là-haut dans les bureaux ils ne veulent pas comprendre que le temps du soin n'est pas celui des procédures. Si un patient veut une feuille et des crayons pour dessiner dans sa chambre, en dehors des heures officielles d'ergothérapie, il faut demander une autorisation. Le temps de la demander, et de l'obtenir, le patient a renoncé, est passé à autre chose, et il est trop tard pour soigner avec délicatesse et précision. Aujourd'hui c'est à la truelle, les moyens ont considérablement baissé, on est deux infirmiers pour treize patients alors qu'un patient en souffrance aurait besoin d'un infirmier dédié. Dans un monde idéal il nous faudrait un soignant par malade. Vous savez, perdre du personnel c'est perdre du temps de parole, de l'attention, c'est aussi préjudiciable que perdre un scanner en cancérologie.

L'hôpital coûte cher bien sûr, ici c'est 800 euros par jour, les médicaments s'améliorent mais leur prix augmente à mesure, une injection retard c'est 400 euros, alors on supprime des lits et du personnel, on vend même une partie des terrains de l'hôpital, le potager, le cimetière désaffecté, l'ancien enclos des moutons. On cherche de l'argent, on garde les patients le moins longtemps possible pour libérer des lits, faut que ça tourne. Mais l'hôpital ne peut pas tout, dehors ils doivent s'y mettre aussi, les médecins généralistes, les travailleurs sociaux, les maires, il faut travailler en réseau, partager les dossiers, et la peine. Donner de l'argent à l'hôpital mais aussi à tous ceux qui, à l'extérieur, peuvent nous soulager, la folie ne peut pas être l'affaire de la seule psychiatrie.

Miguel prévoit de quitter bientôt l'hôpital, et ce ne sont pas les quelques progrès accomplis depuis trente ans – des traitements plus efficaces avec moins d'effets secondaires, une meilleure information des patients et davantage de droits – qui sauront le convaincre de rester.

Mais si Miguel songe à partir c'est aussi parce qu'il redoute la pétrification, finir sédimenté dans la roche de la psychiatrie – le principal danger c'est la répétition, l'accoutumance, et elle vaut pour les soignants comme pour les patients. J'en ai vu tellement devenir chroniques, de jeunes infirmiers pleins de fougue se transformer en piliers de comptoir, des poivrots de la psychiatrie, qui n'ont plus la force de changer de service, que l'imprévisible folie n'étonne même plus. J'en ai vu aussi des contaminés par la souffrance, qui deviennent malades à leur tour, dépressifs, boivent du pastis au goulot dans les vestiaires pour tenir le coup, se servent en antidépresseurs dans la pharmacie, errent comme des zombies dans l'ombre de patients qui finissent par les prendre en pitié.

Il faut beaucoup aimer les fous

Barnabé est un personnage central du pavillon 4B, une présence chaleureuse et énigmatique, une silhouette douce et longiligne, un regard vert d'eau un peu absent. Il a eu d'autres vies avant de rejoindre le secteur psychiatrique pour y finir sa carrière de moine bouddhiste du soin.

À 18 ans il fait le ménage et la cuisine dans les hôpitaux de sa région natale, les Vosges. Comme d'autres il pense seulement à gagner un peu d'argent, puis prend goût au monde hospitalier – qui en avale plus d'un –, passe le concours d'infirmier, fait quelques stages, est affecté en hématologie. C'est là qu'il connaît ses premiers patients psychiatriques – en hémato beaucoup de malades vont mourir et le savent, alors décompensent, tout lâche, la démence rôde, l'angoisse est insurmontable, j'essayais de les apaiser un peu. Mais au bout de six ans j'ai eu besoin d'air, je suis parti en Guyane, d'abord en réanimation puis comme infirmier mobile, envoyé en urgence dans les villages et les dispensaires reculés du pays, dans les coins les plus hostiles, moins pour soigner que pour tenter de remédier à des problèmes insolubles, l'alcoolisme, la violence, la misère. J'en ai vu des bastons et des fous, j'en ai accouché et recousu des femmes indiennes isolées du monde, avec pour seul guide la voix lointaine et voilée d'un médecin de Cayenne dans mon téléphone satellite. Si je ne m'étais pas déchiré les ligaments du genou je n'aurais sans doute jamais quitté la Guyane mais j'étais devenu inapte, je suis rentré, on m'a proposé un poste ici en psychiatrie, je n'avais pas d'avis, je n'en pensais rien, j'ai accepté et m'y suis fait très rapidement, il y a un côté vieillot et familial qui me plaît.

Je me suis adapté car on s'adapte à tout, regardez les patients, ils s'adaptent au pire, même à la chambre d'isolement. Selon une étude, à leur entrée en maison de retraite 70 % des résidents déclarent vouloir être euthanasiés, trois mois après ils ne sont plus que 2 %. Cette capacité d'adaptation est sans limites, dramatique en réalité. Les vieux, les fous, les infirmiers, on encaisse, tout en souplesse.

Pourtant on me trouve bizarre parce que je ne fais pas de différence entre ma vie dehors et ma vie ici, je ne compartimente pas pour me protéger de la dureté de la psychiatrie, comme font les autres, ou comme ils disent qu'ils font, car ce ne sont peut-être que des mots et des postures. Que je sois dans le bus, chez moi, avec les patients, c'est un même mouvement, un même monde troué, une même vague. Je ne laisse jamais rien derrière moi ni de côté, je parle toujours la même langue, j'aime mes amis et j'aime les malades.

La raison en est peut-être que, selon Barnabé, on ne saurait faire de distinction qualitative entre fous et non-fous. S'il y a une différence elle ne peut être que d'ordre quantitatif car tout cerveau humain est capable, dans des circonstances singulières, de sécréter des symptômes délirants, de fabriquer de la démence. Nous sommes tous doués de folie, le seuil d'apparition des symptômes varie seulement d'un individu à l'autre en fonction de caractères biologiques, familiaux et sociaux. À chaque instant un événement peut activer la bombe, paranoïaque ou maniaque ; nous cessons alors d'être fluides, mobiles, tout se fige ou déraille, le vide entre la raison et la déraison se réduit d'un coup, deux plaques de métal qui se rejoignent violemment, se collent comme des aimants.

Ce sont peut-être aussi les vertus du bouddhisme qui rendent Barnabé si serein et convaincu. Dressant le portrait de son maître, son modèle en toutes choses, il raconte un homme sans habitude aucune, même pas celle d'un café matinal, d'une visite à sa mère, ne connaissant ni le passé ni l'avenir, entièrement contenu dans l'instant vécu, disponible à chaque situation, aux événements les plus minuscules, échappant à tout conditionnement, à toute pression, à tout point de vue, veillant à ce que rien ne soit définitif.

Devenir à ce point fin et sensible, voilà la quête de Barnabé, et ce qu'il souhaite à tous les internés ferrés dans leur mémoire, leurs ressassements, leurs strates de douleur.

La science psychiatrique nous enseigne pourtant le contraire, que tout nous affecte et sédimente, que les conditions d'existence sont déterminantes dans l'apparition de la maladie, que la vie est pathogène. Et il doit bien exister des bouddhistes fous.

Barnabé me décrit son travail d'infirmier comme celui d'un veilleur et d'un démineur – on observe les patients dans leur quotidien, les changements de comportement, les effets secondaires des médicaments, ce que ne peuvent pas faire les médecins, et on calme les conflits qui éclatent à longueur de journée, les crises provoquées par l'anxiété. Le plus urgent est d'établir un lien de confiance, l'essentiel c'est l'affectif. Les patients sont privés de leur famille, de leurs amis, de leur conjoint, nous sommes les derniers à pouvoir leur donner de l'affection. Si nous refusons de les aimer ils en crèveront. Vous savez, une étude a été menée sur les bébés abandonnés pendant la Seconde Guerre mondiale, des nouveau-nés qui recevaient des soins strictement matériels, ils étaient nourris, lavés, habillés, mais ne recevaient aucune marque de tendresse, étaient privés de tout contact physique, de toute vie affective, et ils en mouraient ; correctement alimentés, exposés à des températures viables, mais s'éteignant les uns après les autres.

Avec les patients c'est la même chose, il nous revient de les maintenir en vie. Ce ne sont pas les psychiatres qui peuvent s'en charger, les psychiatres ne tiennent pas la main, n'offrent pas de cadeau d'anniversaire, ne savent pas quel est le chanteur préféré de leurs patients. Moi je sais que Bilal adore Michael Jackson et qu'il souffre de ne plus pouvoir l'écouter sur son portable confisqué au moment de son admission il y a quelques jours, c'est mon boulot de le savoir, de traquer sa peine dans les moindres détails, dans ses goûts et ses habitudes.

Mais si Barnabé exprime spontanément son empathie pour Bilal, tous les soignants ne ressentent pas la même compassion. Le premier jour, quand Bilal s'est avancé dans le couloir pour taper dans la main d'une infirmière il fut aussitôt rembarré – moi je check pas je dis bonjour, on n'est pas à la cité ici. Et quand Bilal lui a demandé si elle avait bien déjeuné, si son panini était bon – vous savez madame j'en rêve d'un panini avec plein de fromage fondu –, elle s'est détournée sans un mot. C'est alors que Barnabé a repéré la scène de loin, s'est immiscé délicatement, veillant à ne froisser personne, il a hélé Bilal au prétexte d'un rendez-vous fictif, puis l'a pris par les épaules et s'est éloigné.

Bilal est un jeune homme libanais de 26 ans aux yeux implorants bordés de larmes, qui demande à être pris dans des bras, n'importe lesquels, des bras à tout prix, envahi et envahissant me dit Barnabé. Il est arrivé ici pour des bouffées délirantes, apparues après avoir fumé du cannabis. On soupçonne également un stress post-traumatique, une enfance ravagée au Liban.

À son admission il est très agité, en manque de shit, Sarah veut le sédater, menace de le mettre en chambre d'isolement, estimant que le risque de fugue est très fort. Barnabé exprime son désaccord, affirme qu'il peut le calmer, que Bilal a besoin d'être entouré, écouté ; ajoute en aparté que Sarah a peur des patients et que cette peur est un problème récurrent des autorités médicales. Barnabé estime que la phobie des malades est une des nombreuses lignes de démarcation qui séparent les psychiatres des autres soignants, les chefs des subalternes. Les premiers se méfient trop souvent des patients, et Bilal termine en effet en chambre d'isolement. Attaché au lit, il parviendra à faire céder les contentions, son corps se soulevant du matelas sous l'effet conjugué de la fureur et de l'angoisse. Le frêle Bilal a bondi, brisé la fenêtre à mains nues, arraché la porte, hurlé à la lune, fait entendre sa douleur dans tout le service. Et l'imperturbable Barnabé a conclu : voilà, j'avais prévenu, la peur engendre la peur.

Quelques jours plus tard Bilal est cette silhouette épuisée et en pleurs qui arpente les couloirs, cherche à qui parler, s'arrête brusquement à ma hauteur. J'ai passé huit ans au bled sans jamais voir la mer, un frère en prison, l'autre sous psychotropes qui pesait 130 kilos, je ne veux pas finir comme lui, je ne suis pas fou à mon tour, des gens m'en veulent dehors, veulent me tuer, je ne peux pas vous dire qui, ça fait trois jours qu'on me casse la tête avec des questions absurdes, j'ai mal au cerveau, je veux bien prendre mon traitement mais je ne veux pas être avachi, je veux juste être calme, j'ai peur de tout, des patients, des piqûres, je veux appeler ma mère mais je ne peux qu'en présence d'un soignant et ça ne les regarde pas, je suis interdit de visites, je suis tendu.

Bilal est un fauve en cage, pris dans le vortex de son malheur, qui s'acharne sur les poignées des portes et des fenêtres, donne des coups sur les plinthes, suintant d'inquiétude et d'exaltation froide. Bon, je vais réclamer un cachet et aller dormir, faut que je déconnecte.

Est-ce que Bilal s'apaise enfin quand il dort ? Même si c'est d'un sommeil chimique, sans rêves. J'imagine son cerveau crépitant baigné dans le liquide cérébrospinal, cette sécrétion qui amortit les chocs, fluidifie les mouvements. Je sais que la nuit, quand nous dormons, le liquide pénètre plus profondément nos cerveaux et, en se retirant au petit matin, emporte les déchets produits par nos neurones en activité. Cette marée cérébrale est-elle assez puissante pour évacuer les débris qui obstruent la tête de Bilal ?

Quelques semaines passent et il semble moins nerveux, moins craintif, me montre ce qu'il nomme le tableau de ses émotions, petit papier froissé dans sa poche, sur lequel il note toutes les heures ses émotions : à 15 heures j'ai écrit tristesse, colère et manque de respect des soignants.

Et pour que le suc acide des angoisses s'écoule un peu, Bilal retrouve maintenant chaque après-midi un autre jeune patient dans la salle commune. Devant W9, des clips et des pubs en boucle, leurs claquettes de piscine glissant sur le carrelage, ils boxent sur un ring imaginaire, retenant admirablement leurs coups quand tout devrait les porter à débrider le moindre de leurs gestes, à exploser de fureur.

Bientôt Sarah lui dira qu'il va mieux, lui rendra ses vêtements en signe d'apaisement, la puce de son téléphone – confisquée parce qu'il harcelait ses parents –, l'autorisera à sortir trente minutes par jour à la cafétéria avec son père, pas avec sa mère trop angoissée.

Ça se réorganise dans ma tête docteur, j'avais de mauvaises choses dans le cerveau et dans le sang, trop de drogue et d'enfance. Et merci pour le téléphone parce que j'aime bien parler avec ma mère sur WhatsApp le soir avant de dormir, je lui envoie des émojis de poussins.

La chambre d'iso

Dans le service chacun raconte des histoires, plus ou moins légendaires, sur la chambre d'isolement : l'un aurait creusé un trou dans le mur à la recherche d'un trésor, un autre aurait été placé à l'isolement après avoir mangé toutes les vis du mobilier de sa chambre, Robert, hospitalisé depuis trente-cinq ans, y a passé trois ans sans interruption, et on y a bouclé un jeune infirmier bizuté en compagnie d'une patiente en pleine crise clastique qui l'aurait finalement assailli de tendresse.

Ils sont si nombreux à avoir connu la chambre d'iso, un rite de passage : agités à leur arrivée, après une altercation avec un autre patient ou un soignant, pour avoir exprimé des idées suicidaires, au retour d'une fugue, en guise de punition et d'avertissement. Si le patient a été admis en urgence, s'il a bu ou pris des drogues, il n'est pas rare qu'il soit envoyé directement en isolement, au nom du principe de précaution, pour évaluer la folie en toute sécurité.

Au pavillon 4B c'est une chambre aux dimensions réduites, davantage une cellule, blanche et vide, seulement équipée d'un cadre de lit scellé au sol, d'un matelas en plastique, de toilettes métalliques sans lunette ni couvercle. Les sangles de contention ont été remisées, le matériel est désormais stocké dans une valise de toile et rarement utilisé. Il l'a été pour Bilal. On a accroché au mur, protégée par une vitre, une immense horloge, manière de ne pas priver les patients de tout repère temporel, mais, on l'imagine aussi, source inépuisable d'angoisses et d'obsessions. Comment ne pas fixer avidement les aiguilles tout le jour ? Quoi d'autre sinon dormir abruti de chimie ? Penser ?

Pourrait-on imaginer des chambres autrement aménagées, moins carcérales, avec la possibilité de diffuser de la musique, de tamiser la lumière, un rose pâle au mur, une courette attenante pour sortir fumer ?

Selon le dernier rapport du Contrôleur général des lieux de privation de liberté, les chambres d'isolement, bien que très dissemblables d'un service à l'autre, sont trop utilisées. Leur superficie varie entre 9 et 35 mètres carrés, elles sont majoritairement équipées d'un sommier métallique de 90 centimètres de large fixé au sol, au centre de la pièce. L'appel malade, un bouton installé à proximité du lit, est très souvent hors service, et la plupart du temps elles ouvrent directement sur le couloir, dépourvues de tout sas qui protégerait le patient du regard des autres, de l'agitation du service, du bruit et des passages incessants devant sa porte – un isolement total, parfaitement étanche, étant jugé moins brutal pour le patient qu'un isolement qui laisserait encore passer un filet d'air.

Mais surtout, alors que la chambre d'isolement est considérée comme une chambre de soins intensifs – même si certains services la nomment cyniquement « salon d'apaisement » quand il s'agit parfois de réduits insalubres – dont l'occupation doit être ponctuelle, le temps d'une crise, quelques heures ou quelques jours au plus, on relève dans le pavillon un taux d'occupation de 100 %. La chambre est utilisée en permanence et son usage dévoyé puisqu'elle devient une chambre ouverte quand les places manquent.

Barnabé m'explique qu'abandonner la gestion des lits à la main de l'administration et de ses logiciels, plutôt qu'à celle de médecins avec des yeux et des oreilles, a des effets pernicieux. Le lit administratif, c'est-à-dire le lit initial du patient admis provisoirement en isolement, est réutilisé par le service d'admission comme un lit supplémentaire, aussitôt donné à un nouvel arrivant. Le premier patient perd ainsi son lit et n'a d'autre choix que de rester en iso, au-delà du temps nécessaire, en attendant qu'une place se libère de nouveau. Partout en France, la pénurie produit ces mêmes effets pervers.

Alors qu'au pavillon 4B la chambre d'isolement tourne à plein régime, dans le service mitoyen, Eva, psychiatre récemment nommée, tente de lutter contre les mauvaises pratiques – les patients agités on les pique, on les met en iso, et seulement après on parle, mais plus personne n'est en état de parler, c'est contre-productif et dangereux.

Barnabé l'a dit à propos de Bilal, l'isolement crée l'angoisse et la violence qu'il entend combattre. Il ajoute qu'un soignant devrait se tenir en permanence avec le patient à l'intérieur de la chambre, ou juste à côté, à portée de main, de cri, mais le plus souvent on enferme et on s'en va, on enferme et on abandonne – en iso j'ai vu des fous tourner plus fous encore, des suicidaires se suicider, des agités devenir des bêtes. La chambre d'iso est comme un trou noir planté au milieu du service, les patients tournent autour avec méfiance, elle incarne l'autorité absolue du médecin sur leur vie, tout le monde en a peur.

À son tour, Eva m'expose les trois fonctions de l'isolement : thérapeutique, rarement ; répressive, trop souvent ; sécuritaire, majoritairement. Les médecins entretiennent sciemment la confusion entre la nécessité urgente de soins intensifs et de simples mesures de sécurité. Et se dédouanent facilement depuis que la contention relève d'un protocole signé qui stipule par exemple que le patient doit être visité toutes les vingt minutes par un infirmier. Dans les faits, avec le manque de personnel, c'est impossible, mais si le patient proteste ou s'il y a un accident, le médecin est couvert, inattaquable, il a signé le papelard.

Pourtant, ajoute Eva, avec un patient violent, on peut toujours tenter autre chose que l'iso, il suffit d'être assez nombreux. Bien entendu nous ne le sommes jamais, jamais assez nombreux pour agir intelligemment, pour penser efficacement. Alors l'iso devient cette mesure autoritaire qui compense les insuffisances du savoir, les lacunes du pouvoir, qui met tout le monde à l'abri quand la situation devient menaçante pour le patient comme pour les soignants. Avec les moyens humains dont je dispose je m'oblige à l'utiliser le moins possible, je sacrifie le confort des équipes même s'ils sont fatigués. Car le plus fatigué d'entre nous c'est toujours le malade. Si on voulait, si on pouvait vraiment être compétents, plus utiles et moins barbares, on utiliserait l'isolement non pas dans l'urgence mais en le programmant avec le patient, en l'accompagnant. Car il arrive que la chambre d'iso soit profitable, remplisse cette fonction de contenant psychique et physique, quand les êtres se disloquent, que l'angoisse est telle qu'ils sentent leur corps se morceler, comme pour ce patient qui avait peur de son ombre et de son reflet dans le miroir, l'impression que ses membres s'éparpillaient aux quatre coins de la pièce, que tout son corps s'effritait ; il fallait absolument le rassembler dans un espace clos, être seul et enfermé dans une pièce vide le rassurait. On peut aussi l'utiliser pour prévenir une tentative de suicide, ou quand un patient a précisément besoin de s'isoler, qu'il ne supporte plus les autres patients, leurs gueules de travers, leurs cris, leur logorrhée insensée, leur mauvaise humeur, ou inversement, pour protéger temporairement un malade irritant à qui les autres ont décidé de faire la peau.

La chambre d'isolement comme dernier rempart contre la violence, parfois l'abomination, de la vie en communauté. Car ici nul lieu où se réfugier, se cacher, disparaître.

À l'hôpital psychiatrique, on est pris en main, gardé, surveillé, dans une promiscuité permanente avec les autres reclus, soumis à une stricte organisation qui ne souffre aucun régime d'exception, on est aliéné deux fois, par la folie, par l'enfermement, la soumission à une microsociété asilaire. Être interné c'est rejoindre une communauté non désirée, c'est vivre en collectivité sans l'avoir choisi, c'est, comme au-dehors, éprouver de la sympathie pour les uns, de l'antipathie pour les autres, mais dans un espace clos, et permanent, de quelques dizaines de mètres carrés.

Quand Maria et Franck se tiennent la main en silence ou complotent à voix basse, tête contre tête, on se dit que l'asile peut atténuer des solitudes, en arracher certains à un lent dépérissement, on imagine leur fraternité, ils se parlent, enfin moins esseulés. Mais parfois les paroles de l'autre agressent, envahissent, blessent et tout dérape, Bilal se lève d'un bond, brandit un poing en direction de la femme qui déjeune en face de lui, t'es sérieuse là ou quoi ? Et Franck frappe Robert au visage, à bout de nerfs, à bout de Robert, sa silhouette tordue, ses phrases en bouillie, à bout de ce Robert encombrant avec qui il vit depuis tant d'années, Robert qui bave, bégaie, harcèle, prend toute la place. Partager un destin malheureux commun ne suffit pas, être ensemble ne suffit pas.

Peut-être que là où, davantage qu'être, on fait ensemble – la cuisine, une sortie au cinéma, une marche en forêt, une AG, tout ce qui a disparu au pavillon 4B –, la communauté est-elle plus douce, plus fluide.

On sait qu'il y a des lieux où le collectif soigne – la clinique de La Borde fondée par Jean Oury en 1953, et partout où se pratique encore avec vigilance et disponibilité la psychothérapie institutionnelle –, la communauté non pas des patients mais des patients et des soignants ensemble, qui agissent, créent et pensent de concert, prennent ensemble toutes les décisions qui concernent leur lieu de vie, sont de corvée de patates ensemble, tiennent les comptes ensemble, montent une pièce de théâtre.

Mais parfois, et même à La Borde, l'alliance se fissure, et le fou cherche désespérément un coin où se réfugier, un terrier où se recroqueviller, n'importe quelle cavité, un trou, une poubelle s'il le faut, la chambre d'iso si c'est l'ultime recours, une île, un bout de terre, un asile, un vrai cette fois, où se mettre hors de portée, hors de vue.

Car une chambre à soi de patient ne suffit pas, n'est pas vraiment à soi, n'est pas un espace privé dont on disposerait librement – d'autres en ont la clé, nous demandent de la quitter à certaines heures de la journée, peuvent nous en chasser quand ils le décident.

Après avoir cogné Robert, Franck s'était réjoui de passer une semaine en chambre d'isolement sans aucune obligation d'en sortir, avec même celle d'y rester terré comme une taupe – si vous saviez, le soulagement de ne plus voir leurs gueules à tous.

Jules en pyjama

Qui saurait dire si Jules avait besoin d'être en chambre d'isolement pendant tout ce temps ?

On sait qu'un jeune homme de 19 ans est enfermé depuis des semaines derrière cette porte, on raconte qu'il est violent, délirant, mystique, qu'il a mordu au sang un membre de l'équipe de renfort, qu'il se sent persécuté par la moindre question, qu'il refuse de s'entretenir avec la psychiatre car elle n'est pas catholique – et qui n'est pas catholique n'a pas le droit de s'adresser à lui. On raconte qu'il ne supporte aucun contact physique, qu'il ne peut pas être touché, à peine approché à moins d'un mètre.

Un matin il sort de la chambre d'isolement, une exhumation. Spectre noir, hagard, ébloui par la lumière naturelle, tous ses gestes ankylosés, il avance à petits pas dans son pyjama de papier maculé de taches de nourriture, pieds nus. On s'écarte sur son passage, on fait silence, Jules est encadré par deux infirmiers robustes qui l'escortent jusqu'au jardin, glacé en cette saison. Ils prennent le ballon, font des passes, improvisent un foot à trois et Jules, toujours pieds nus et simplement couvert de ce pyjama, insensible au froid, s'anime enfin, sourit, contre toute attente son corps se délie, retrouve souplesse et vélocité après des jours d'enfermement, un miracle. Il y a quelques minutes encore il était au tombeau, zombie de papier bleu, et le voilà gai, alerte, à l'air libre et vif, sa course amortie par la pelouse tendre, le ballon qui capte son attention, le jeu et la légèreté, un peu de vie qui revient. Mais une vie interrompue au bout d'un quart d'heure, comme un lapin qu'on garrotte. Sans doute l'infirmier m'apprendrait qu'un trop-plein de joie après l'isolement pourrait lui être fatal.

À peine sorti il faut déjà rentrer, mettre fin à la résurrection d'un homme au contact de l'herbe, le contact de son pied contre le cuir du ballon, sans doute celui d'un souvenir et d'une joie qui affleurent, mais cela ne peut durer. La silhouette de Jules s'affaisse de nouveau, dans la salle commune il s'arrête net, oppose une résistance silencieuse, refuse de réintégrer sa cellule, deux autres infirmiers sont alors appelés en renfort, tous les patients doivent évacuer la pièce, les portes vitrées se referment, on va parlementer, en espérant ne pas avoir à piquer Jules à même le sol. Je le vois se recroqueviller dans son pyjama, pathétique linceul, qui m'apparaît plus que jamais comme ce vêtement de solitude, l'emblème de l'hôpital psychiatrique.

On est interné à la demande d'un tiers ou sur décision du représentant de l'État, on est récalcitrant, on proteste, alors on est déshabillé, dépouillé de sa vie d'avant, de sa vie dehors, de son enveloppe, et mis en pyjama, couvert de la tenue de l'institution, livré à elle. Le pyjama signale une rupture, signale la maladie, signale ou plus souvent impose le consentement au soin, l'entrée dans la psychiatrie, signale que tout change à cet instant où l'on enfile le vêtement bleu ciel anonyme, le même pour tous, signale le lit, la position allongée, le sommeil et aussi l'insomnie, la faiblesse, l'abandon, la régression.

Lors de son dernier passage, le Contrôleur des lieux de privation des libertés avait relevé des disparités dans la prescription du port du pyjama d'un pavillon à l'autre, rappelant que cette prescription doit toujours répondre à des objectifs de prise en charge clairement définis et à l'efficacité démontrée et que, hors du cas de la chambre d'isolement, il est trop souvent injustifié et attentatoire à la dignité des patients. Mais si la loi de 1990 sur l'hospitalisation sans consentement stipule en effet qu'« en toutes circonstances la dignité de la personne doit être respectée », elle ne définit pas cette notion de dignité, ne donne aucun exemple, ne trace aucune frontière. Le Littré dit « respect qu'on se doit à soi-même », le Larousse préfère « respect que mérite quelqu'un ou quelque chose », ajoutant une difficulté à l'affaire car si les contours de la dignité sont flous et mouvants, ceux du mérite sont toujours discutables. On pourra donc continuer à imposer sans états d'âme le pyjama, pour le bien des hospitalisés, la bonne marche des établissements et les commodités du lavage en machine à 60 degrés.

Au pavillon 4B, après le pyjama – bizutage, rite de passage, d'intronisation – on porte le survêtement, celui de l'hôpital, pratique, ample, qui marque une évolution, un progrès, un petit pas vers la réappropriation de son apparence, un pas de la nuit vers le jour, de l'apathie vers l'activité, de l'horizontalité vers la verticalité. Puis un matin on vous dit que vous allez mieux, vous récupérez vos vêtements, vous vous habillez, la sortie est peut-être proche.

Mais certains ne veulent pas quitter le survêtement réconfortant, l'iconique pyjama, on leur rend leur chemise nettoyée et repassée et ils veulent rester en pyjama, de peur qu'on les chasse ou qu'on les transfère, ils se sentent bien trop friables, bien trop inquiets pour sortir, il n'y a rien pour eux dehors, cela leur va d'être ici, ils se sont habitués à la nourriture fade et prendraient très mal qu'on veuille se débarrasser d'eux. Les paroles rassurantes et les promesses n'y font rien, alors parfois ils lacèrent, déchirent ou souillent leurs vêtements afin qu'on leur rende le fameux pyjama à boutons-pression, ou la chemise de nuit à fleurs mauves et jaunes, pour les femmes que le bleu douteux de l'hôpital rebute.

Quelques semaines plus tard, Jules a définitivement quitté la chambre d'isolement, est habillé d'une tenue intermédiaire – un compromis sans doute –, soit un pantalon de jogging de l'hôpital et un t-shirt personnel floqué de la virgule Nike, et feuillette machinalement des magazines abandonnés sur une table basse, *Femme actuelle*, *Le Parisien* et *France Dimanche*. Comme souvent, la télé est allumée sur une chaîne de clips, Nekfeu rappe et Jules chante avec lui en roulant des hanches – « On verra bien ce que l'avenir nous réserve, on verra bien, viens vas-y on n'y pense pas, rien à foutre de rien, rien à foutre de rien » –, nous adresse de larges sourires, des sourires de biche aux longs cils noirs, me demande pourquoi je reste les bras croisés, reprend son chant, passera bientôt ses journées à chanter, à déambuler en gazouillant l'air ravi, toujours un peu chancelant, le manque d'exercice sans doute, l'immobilité. Nekfeu, Cabrel, ce matin Céline Dion en haut-parleur sur son portable, et une infirmière à bout de nerfs beuglant y'a des gens qui travaillent, on est dans un hôpital ici ! et les patients excédés qui renchérissent, ta gueule tu chantes faux, mais Jules, stoïque, reste concentré sur les paroles de *Pour que tu m'aimes encore*.

Le croisant dans le couloir je tends la main par réflexe, oubliant que tout contact lui est insupportable, il la regarde interloqué, méfiant, je la retire, m'excuse, un temps et il se ravise, me tend à son tour une main molle, dévertébrée, comme un poisson mort, et éclate d'un rire de gosse.

La vocation

Adrienne avait suggéré aux psychiatres désemparés, impuissants devant la souffrance de Jules, de recourir aux techniques corporelles, à l'hydrothérapie, aux enveloppements dans des cataplasmes de boue ou d'algues, mais personne ne l'avait écoutée – la psy elle soigne juste la maladie, elle prescrit des médicaments, pour certains comme Youcef ou Franck c'est indispensable, non négociable, mais pour d'autres il y a des solutions alternatives, et les médecins feraient bien de m'entendre parfois. Jules c'est sans solution, il ne veut pas être touché depuis trois mois, je leur dis de tester l'enveloppement, mais la moindre initiative c'est trop compliqué, alors je lâche l'affaire et je sais comment ça va se terminer, ils vont se débarrasser du problème, l'envoyer en UMD, l'unité des malades les plus difficiles, les plus violents, une vraie boîte à fous dangereux ; remarque, paradoxalement, il y sera plus libre, moins souvent enfermé à double tour, parce qu'ils ont du personnel en nombre là-bas, ils sont largement mieux dotés que nous. Comme si les nôtres n'étaient pas assez tarés pour y avoir droit.

Adrienne est ASH, agent de service hospitalier, certains disent femme de service, d'autres femmes de ménage – et en effet aucun homme n'occupe ce poste ni, Adrienne exceptée, aucune femme blanche.

Le médecin-chef le reconnaît lui-même, les ASH ont une grande proximité avec les patients, et à ce titre leur participation au soin est précieuse. Elles nettoient leurs chambres, font leurs lits, s'occupent des questions d'intendance, distribuent les repas, partagent leur quotidien le plus prosaïque. Selon le chef de service, il y a une autre raison à cette complicité : si les ASH et les aides-soignants sont si proches des patients c'est aussi parce qu'ils partagent un même sentiment de classe – convergence du peuple, des prolos, des femmes de ménage et des psychotiques issus des classes pauvres. Adrienne m'attrape le bras, exerce une légère pression et me rappelle une vérité élémentaire de la psychiatrie, écoutez pas leurs conneries égalitaires, la folie c'est comme se retrouver à la rue, ça ne tombe pas sur n'importe qui. Les riches aussi sont malades bien sûr mais on les voit beaucoup moins, leurs familles les envoient chez un psychiatre de ville trois fois par semaine, dans des cliniques privées, en cure, elles les protègent, font rempart, les étouffent parfois.

Adrienne a trente-cinq ans de métier et peut m'apprendre que si les riches sont mieux pris en charge, en psychiatrie comme ailleurs, ils endurent davantage, parce qu'ils ont plus profondément assimilé les normes sociales, viscéralement même, le regard de la société leur pèse, être fou leur est bien plus insupportable car à la douleur psychique s'ajoute la honte sociale, le sentiment de déchoir. À l'hôpital public où ils échouent, les déjà honteux, les déjà déchus, les schizophrènes enfants de la Ddass ou fils d'ouvriers algériens ont beaucoup moins à perdre.

Adrienne se sent solidaire de ces schizophrènes au rebut, du même bord dans la lutte des classes, et reste toujours attentive aux rapports de force, qu'elle décrit ainsi : au sommet les médecins bourgeois, qui n'écoutent pas la base, prennent de haut la classe ouvrière des ASH et des aides-soignants comme celle des internés. Et au milieu, se tenant maladroitement sur la ligne de front, la classe moyenne des infirmiers, indécise, changeante, parfois l'alliée de la classe dirigeante, parfois sa victime.

Adrienne, fille de chauffeur routier, est née à Valenciennes, voulait travailler le plus tôt possible, ne se destinait pas, elle non plus, à la psychiatrie. Elle passe d'abord un CAP cuisine puis un BEP salle et enfin un CAP gens de maison. Elle embauche comme serveuse à bord de bateaux de croisière, de trains de luxe, puis travaille comme femme à tout faire pour les familles des beaux quartiers de Lille. Enceinte, elle démissionne, déménage dans une petite ville de périphérie avec son mari policier, veut changer d'ambiance. Un voisin de palier, infirmier, propose de transmettre son CV pour un poste d'agent hospitalier. Trois semaines plus tard Adrienne se présente à un entretien, est recrutée et affectée à la crèche du personnel, heureuse de passer ses journées avec des nourrissons plutôt qu'avec des bipolaires. Elle y reste dix ans puis est déplacée au pavillon 4B – je ne voulais pas y aller, le service avait une réputation épouvantable, on racontait que c'était sale, que les patients étaient très agités, Maria, Youcef et Robert étaient déjà là. Mais heureusement l'ambiance était bonne, l'équipe soudée, et j'ai trouvé ma vocation.

Je vais le dire très simplement, j'aime les fous, j'aime bien tout ce qui est hystérique, leurs délires me fascinent, même si je sais aussi leur souffrance. J'ai le profil pour apaiser leurs moments de crise, en vingt ans de carrière je n'ai eu peur que deux fois.

Adrienne aime peut-être la folie comme d'autres la violence ou le danger. Pour l'adrénaline. Adrienne aime peut-être côtoyer les fous pour le sentiment de puissance – de supériorité ? –, la puissance d'apaiser le pire.

J'ai un truc avec les fous, je leur donne de la joie de vivre, je reçois souvent des propositions amoureuses ou sexuelles, on en discute avec le patient, c'est normal. Mes enfants n'aiment pas entendre ce genre d'histoires, ça les inquiète, ça les gêne toute cette impudeur, cette familiarité, mais c'est juste qu'on vit ensemble, ils nous racontent tout, on connaît leurs histoires, leurs familles, leurs secrets, on s'appelle par nos prénoms, ils reconnaissent mon pas au loin dans le couloir. Les patients nous aiment aussi parce que nous ne sommes ni infirmiers ni médecins, nous ne menaçons pas d'augmenter les doses de médicaments, de les priver de sortie, nous ne signons pas d'hospitalisations sous contrainte, nous n'avons aucun pouvoir sur eux.

Je regarde Adrienne faire, jamais elle ne perd patience – elle appelle cela la charité mais a-t-elle renoncé à la gratitude ? –, toujours recommencer, les mêmes mots, les mêmes gestes. À sa hauteur, soigner c'est vivre avec les malades pour atténuer leurs angoisses, les détourner un instant de leur folie pour que quelque chose d'autre, aussi modeste soit-il, prenne la place – jouer aux dominos tous les soirs avec Robert, distribuer le goûter.

On les comprend pas, c'est impossible, mais en tant que soignants on peut écouter, accueillir, être là, à disposition, la présence c'est la seule chose qui vaille. Je me souviens de ma rencontre avec Robert, il était assis dans le couloir, se balançait sur une chaise, je lui ai demandé tu fais quoi Robert ? Rien, avec sa voix qui racle les *r*. Ben viens, on va le faire ensemble. On est là pour leur adresser des signes, pas grand-chose, rien d'énorme, et surtout rien de mécanique ou de programmé, de la disponibilité et de l'attention c'est tout. Je ne passe jamais à côté de Robert ou d'un autre patient sans un coup d'œil.

Robert c'est mon chouchou, je suis la seule du service qu'il n'a jamais frappée, tous les autres soignants y sont passés, ont provoqué sa fureur à un moment ou à un autre. On m'a dit que j'étais allée trop loin, je passais mes journées à m'occuper de lui, la direction m'a recadrée, m'a rappelé que les patients doivent apprendre à vivre sans nous – mais Robert c'est pas demain la veille –, qu'il ne faut pas confondre bienveillance et maternage, qu'il ne faut pas que ça devienne personnel entre un patient et soi. Je n'ai rien dit mais je n'en pensais pas moins.

Pendant quelques semaines Robert a été transféré dans un autre pavillon, il a très mal vécu cette séparation, m'envoyait des lettres déclaratives, me disait qu'il m'aimait, mais je ne savais pas comment, comme amie ? comme sœur ? On m'a demandé d'écrire une réponse, pour lui signifier qu'on devait prendre de la distance, que aimer c'est aimer bien, pas davantage. Ma lettre a été relue par le chef de service. Mais rien n'y fait, Robert est revenu au 4B et j'ai continué à le regarder comme un grand frère, je lui offre des vêtements, il adore la mode, et il aime que je m'habille avec des couleurs vives, chaque jour une tenue différente – aujourd'hui Adrienne porte une blouse orange et des baskets assorties, ses ongles sont vernis bleus et ornés de strass, ses lunettes rouges.

La proximité, on nous rebat les oreilles avec ça, mais la bonne distance ne signifie rien, le fou est tout près, on lui change ses draps, on le nourrit, et le fou est très loin, dans un pli de son cerveau.

On nous envoie en formation pour nous mettre en garde contre une trop grande complicité, on nous dit attention proche ça veut pas dire près, collé, ça veut pas dire toucher, mais quand Maria pleure, la morve qui coule, les reniflements, les hoquets, comment ne pas la prendre dans mes bras ? Je ne vais pas la repousser quand même. On me dit que je franchis la ligne jaune, le formateur m'engueule, me reproche d'être intrusive, mais tous les autres ça les dégoûte la morve de Maria, ça les répugne ce corps, cette odeur, pas moi. Je lui donne l'amour qu'elle n'a pas eu. Cela ne m'empêche pas de lui dire quand elle m'insupporte, quand je vois qu'elle me manipule, je lui parle d'égale à égale, et je lui parle aussi comme à une dingue, j'arrive à faire les deux.

Adrienne n'a pas le droit de s'occuper des patients, si elle le fait, l'administration nomme cet écart un glissement de tâche, et le réprouve. Les glissements de tâche sont fréquents à l'hôpital en raison du manque d'effectifs. Adrienne glisse d'ASH à aide-soignante. Car quand il n'y a pas d'aide-soignant disponible dans le service, qui va parler à Maria en larmes ? Au même titre que les patients, les personnels qui sortent du cadre institutionnel sont rappelés à l'ordre, pourtant il arrive que Miguel lui-même demande à Adrienne de conduire un patient esseulé à la cafétéria, pourtant interdire aux ASH de s'occuper des malades c'est éteindre cette précieuse contribution évoquée par le médecin-chef.

Dans les faits, pour le même salaire de misère, je suis aide-soignante plutôt que ASH et ça arrange tout le monde, je les maquille, on pleure ensemble, c'est ainsi que je vois mon métier, une aide à la personne, les remettre dans la vie solide, les faire fonctionner au quotidien, pas juste passer la serpillière. J'ai demandé plusieurs fois qu'on me montre comment faire correctement leur toilette, on me l'a refusé au motif que ça ne relevait pas de mes compétences, alors je me débrouille toute seule pour leur laver le cul et tant pis pour la déontologie.

En vingt ans j'ai vu la situation empirer, le manque d'argent et de considération s'aggraver. Comme Catherine, Adrienne évoque avec mélancolie le temps où la vie psychiatrique se passait aussi au-dehors – je me souviens d'une soirée au cirque, même le médecin-chef nous avait accompagnés, on avait transféré le patient de l'iso dans un autre pavillon, embarqué tous les autres et fermé le service le temps d'une soirée. On allait au restaurant, on s'habillait pour la fête de la musique, pour le bal du 14-Juillet, on avait loué un minibus pour aller au Futuroscope à Poitiers, on faisait vraiment de la réinsertion. Parce que la seule question qui vaille c'est quoi faire avec nos patients. Et aujourd'hui on peine à faire sortir Robert une fois par semaine dans le parc, on nous explique qu'en raison du plan Vigipirate les patients ne sont plus autorisés à visiter les grands musées. Mais les attentats et le manque de moyens n'expliquent pas tout, il y a aussi la volonté du chef de secteur, est-ce qu'il a envie de s'emmerder à faire sortir ses fous.

J'en ai vu des soignants se décourager, une collègue ASH a encore craqué la semaine dernière, après quinze ans avec les patients elle a demandé un poste dans un bureau, elle ne peut plus les voir, les traite de sadiques, de pervers, pour elle c'est plié. Moi j'ai encore de la ressource et des idées mais je me heurte sans cesse à l'administration. J'ai proposé qu'on organise des soirées cinéma, la projection d'un film suivie d'un débat, mais impossible d'obtenir un lecteur DVD, autant demander la lune. La seule chose que j'ai pu obtenir ces dernières années c'est une après-midi par semaine consacrée à un atelier danse, de la country et du cha-cha-cha en ce moment. Je vois bien que je les agace, qu'ils aimeraient que je reste à ma place, que je me contente des décorations à Noël et des crêpes à la chandeleur. Mais ils ne peuvent rien contre moi, je suis protégée par les fous, ils m'aiment. Je ne les quitterai jamais, même si je ne compte pas rester ASH jusqu'à la fin de mes jours. J'envisage de passer le concours d'auxiliaire de vie puis de devenir aide-soignante avec la validation des acquis de l'expérience. J'ai aussi le projet de changer de service, demander un poste en UMD, l'unité des malades difficiles, pour bénéficier de la prime de risque. Ce qui est certain c'est que je finirai à l'hôpital psychiatrique, l'hôpital général c'est pas pour moi, prendre la tension, faire des prises de sang quel ennui. À la rigueur l'Ehpad avec les vieux. Moi j'aime la merde, les laver, les toucher, les toucher surtout, leur caresser le bras.

Pour Robert

Robert est le doyen du pavillon 4B, il est arrivé ici à 17 ans, tout juste débarqué d'un avion en provenance de Tunisie, il a aujourd'hui 52 ans, ne quittera jamais l'hôpital, n'a plus de famille, jamais eu d'amis, pas davantage de maison. On me dit qu'il souffre de psychose infantile, de troubles de la relation primaire, que sa maladie est sans doute d'origine génétique, qu'une discordance dans les gènes peut se dégrader au contact de l'environnement, que son cerveau est peut-être aussi atteint que le foie d'un alcoolique, que tous les hommes de sa famille sont morts avant 50 ans, que ses trois frères aînés sont même morts ici dans ce pavillon ; Robert est le seul survivant mais à quel prix.

Pour le décrire Miguel utilise une expression qui n'a plus cours, handicapé mental, se souvient qu'autrefois on comptait beaucoup plus de Robert dans les services psychiatriques, leurs pathologies étaient provoquées par des malformations congénitales, à une époque où les maladies étaient peu dépistées, où les soins en néonatologie étaient primaires ; c'était l'époque des débiles mentaux.

Si Robert avait vécu dans les montagnes au XIXe siècle, il aurait sans doute été un crétin des Alpes. Un idiot, un goitreux, reconnaissable à ses traits dégénérescents et à son arriération mentale, son front bas et son air infantile. Mais en ce temps-là Robert n'aurait peut-être pas été enfermé à l'asile, il serait resté chez lui, il aurait été l'idiot du village, le porte-bonheur de la communauté, un totem, même si les enfants auraient sans doute fini par le lapider.

Le destin et l'époque en ont fait plus modestement la mascotte du pavillon 4B. Pourtant Miguel se désole de sa présence prolongée ici : Robert souffre de troubles du comportement, d'origine génétique et neurologique, il ne devrait pas être en psychiatrie, on ne le guérira pas, il se calmera seulement avec l'âge, il suffit d'attendre et de l'accompagner. Dehors personne ne veut de lui, aucune maison de retraite, aucune structure médico-sociale, aucune maison d'accueil spécialisée, toutes les tentatives de transfert ont échoué, Robert a fait le tour de France des UMD en vain, à chaque fois il s'est montré violent, a agressé sexuellement d'autres patients, il fallait dix personnes pour le contenir dans les moments de crise, alors on nous le renvoyait. Sa réputation est faite, du nord au sud du pays on ne veut plus en entendre parler. Désormais c'est le pavillon 4B ou la rue et une mort assurée en quelques jours sur un trottoir, alors on le garde, même si son cas échappe aux standards de l'administration et que les infirmiers se découragent avec ce patient qui n'évolue pas.

Je découvre Robert allongé sur son lit en chien de fusil, enroulé dans une couverture à carreaux, il porte un casque de boxeur qui le protège en cas de chute ou d'un désespoir à se cogner la tête contre les murs. Il écoute la radio – un petit poste rouge orné de personnages de Walt Disney –, sa main tremble, il pleure des larmes lentes, meugle d'émotion quand vient une chanson de Claude François, se recroqueville. Sa chambre est la seule qui ne se ferme pas de l'intérieur, on peut donc y entrer à tout moment et surprendre Robert qui se berce tout seul, ses longs bras enserrés sur lui-même.

Après la sieste, Robert sort de sa chambre égaré, paniqué, tenant mal sur ses jambes, il balbutie qu'il a pleuré en pensant à ses parents, et une très jeune infirmière passe à sa hauteur – on va en parler mais avant vous vous réveillez bien et vous vous lavez les mains, et marchez, arrêtez de courir, vous tombez quand vous courez. Robert grouine, se met à courir et tombe. L'infirmière le ramasse en soupirant, l'emmène dans un bureau à l'écart, alors pourquoi tu étais triste ? – au gré des situations, des humeurs, les soignants alternent entre vouvoiement et tutoiement, nom de famille et prénom. Robert articule mal, évoque le souvenir de son enfance en Tunisie, et ses crises d'épilepsie qui lui font peur. Elle le rassure, explique que les crises peuvent le fatiguer mais qu'elles sont sans danger, et qu'il est bien soigné ici. Tu dois penser à l'avenir Robert, faire la liste des invités pour ton anniversaire en juin, penser à la prochaine sortie en ville – Robert opine du chef sans conviction, ouais ouais ouais –, tu dois tourner tes pensées vers le futur pas vers le passé. Robert tend alors la main pour atteindre celle de l'infirmière, caresser cette peau dorée et élastique est sans doute le seul futur qui vaille, le seul envisageable. Ah non, je veux bien être gentille mais je ne veux pas être touchée.

Robert doit limiter ses contacts physiques, il n'est pas autorisé à toucher ses compagnons de vie. Au fil du temps il tentera plus d'une fois de me voler un baiser, saisit ma main à la dérobée, me serre dans ses bras quand personne ne regarde. Catherine souvent nous surprend, c'est pas adapté Robert, lâche-la, raconte-lui plutôt toutes les choses horribles que tu as faites avant de devenir doux comme un agneau grâce aux médicaments. Grâce à la castration chimique. On me met en garde, Robert est une personne adhésive, il entre dans mon aura, je dois garder mes distances.

Je me contente alors d'écouter avec lui les reprises enfantines des Poppys qui tournent en boucle sur son petit poste rouge et dont il connaît les paroles par cœur, je tente maladroitement de chanter moi aussi, au moins de fredonner, et tous les deux assis sur ce lit nous provoquons les sourires goguenards de Franck qui fait des rondes dans le couloir.

La chambre de Robert me semble encore plus vide que les autres, aucune image n'orne les murs, aucun objet ne traîne, si ce n'est une peluche usée. La seule chose qui attire le regard est une feuille jaunie punaisée au mur, un « contrat » au bas duquel Robert a signé en lettres bâtons tremblantes, d'une écriture épaisse et incertaine : 8 heures 30 réveil, toilette ; 9 heures traitement, petit déjeuner, cigarette ; 10 heures à 11 heures temps calme en chambre fermée ; midi traitement, déjeuner ; 13 heures à 15 heures temps calme en chambre fermée ; 16 heures traitement, goûter ; 16 heures 30 à 17 heures 30 temps calme en chambre fermée ; 19 heures traitement, dîner ; 20 heures coucher en chambre fermée pour la nuit ; 22 heures retrait du poste de radio et de la montre.

Une infirmière m'apprend que la psychose infantile a besoin d'être contenue par des rites, des horaires, sans quoi on court le risque d'attiser chez le patient de graves troubles du comportement. Elle ajoute que quand Robert est heureux il est submergé par une émotion trop grande pour lui, ingérable : c'est pourquoi la télé n'est autorisée qu'une fois par semaine, et pour les matchs de foot importants, sinon ça prend trop de place, il est tellement heureux devant la télé, la joie est telle qu'elle le déborde.

Des consignes supplémentaires ont été ajoutées en annexe du contrat : le casque doit être mis et la lumière éteinte avant de quitter la chambre ; selon les disponibilités de l'équipe, et au minimum une fois par semaine, une sortie dans le parc ou à la cafétéria est organisée ; une fois par mois une sortie hors de l'hôpital est organisée avec l'équipe ; le samedi soir possibilité de rester hors de la chambre jusqu'à la fin du programme télé, soit 22 heures 30 environ. Tout écart de comportement fera l'objet d'un retour en chambre, voire en chambre d'isolement si nécessaire (vol, toucher les personnes sans leur accord, violence, agressivité, insultes ou non-respect des consignes).

Et il semblerait que les écarts de comportement soient fréquents, que Robert perturbe dès que possible la morne répétition des jours, fasse dérailler le cours sinistre des choses, affole ses journées, provoque l'événement dans une vie sans accident, sans incertitude. Seule Adrienne n'a pas fait l'objet de ses colères, les autres se font traiter, sans ironie, de débiles mentaux, se font malmener, insulter, bousculer, des « merde » sonores fusent et alors il n'est plus Robert mais monsieur Alid qu'on menace d'isolement. Un soir, au moment de dormir, comme de coutume, l'infirmière lui retire sa montre et son poste de radio – sinon il ne dormirait pas, consultant l'heure toutes les dix minutes, écoutant de la musique toute la nuit –, mais ce soir-là cette confiscation lui est insupportable, il projette l'infirmière contre le mur, l'avant-bras fermement plaqué sur son cou, elle appuie sur l'alarme de son boîtier PTI – protection de travailleur isolé –, qui ne se déclenche pas, alors crie, s'époumone, a le temps de penser que la voix ou autrefois le sifflet sont bien plus efficaces que ces boîtiers qui tombent toujours en rade. On raconte qu'il a fallu dix infirmiers pour maîtriser sa rage et ce corps malhabile investi soudain d'une force incommensurable, et encore cinq autres pour lui injecter un sédatif, Adrienne lui tenant la main pour tenter de l'apaiser – il est comme ça Robert, il a toujours besoin de tenir quelque chose, sa montre ou une personne.

Le verdict tombe, une semaine en chambre d'isolement, le réajustement de son traitement et la confiscation provisoire de tous ses objets.

Mais quelques jours plus tard, Robert récidive, sous le coup de l'ennui, de la mélancolie, du ressentiment ou d'une émotion plus obscure encore. Le débordement n'a pas la même violence pourtant, Robert ne fait qu'esquisser une menace, un geste, celui de lever la main sur l'ergothérapeute : très bien monsieur Alid, la séance d'ergo est annulée, on vous met en chambre trente minutes à la place. Robert pousse un cri de dépit, perçant, animal, jure qu'il plaisantait, finalement se soumet. C'est pas une punition Robert, c'est que vous avez besoin de vous poser, vous êtes trop excité, la perspective de faire des courses vendredi peut-être.

Des yeux novices, les miens, verraient ici une punition plutôt qu'une mesure thérapeutique, un esprit peu familier de la psychiatrie se dirait qu'on confond, ou superpose, morale répressive et rationalité médicale, resterait stupéfait devant l'ambiguïté de la situation, son impossibilité, son impasse. Si Robert est considéré comme malade, irresponsable, il serait donc juste de respecter une stricte neutralité morale face à ses écarts, sa violence. Ses conduites déviantes ne sont-elles pas pathologiques ? Et pourtant, le punissant, on le juge responsable de son comportement, on ne le traite plus comme un patient victime de sa psychose mais comme un coupable qui doit répondre de ses actes. Je ne sais pas comment les médecins peuvent se défaire de ces injonctions contradictoires, être à la fois soignant et garant de l'institution asilaire, thérapeutique mais aussi liberticide, je ne vois pas comment sortir de cette nasse.

Quand Franck et d'autres savent ruser pour déjouer l'enfermement – se procurer des produits de contrebande, aménager des caches, mentir avec talent –, un patient démuni et faible comme Robert ne peut manifester sa frustration, son hostilité, sa douleur que par des moyens sommaires, grossiers – crier, cogner. De quels autres moyens, efficaces et subtils, pourrait-il disposer. Ici nulle enquête de satisfaction, nul bureau des réclamations, nul syndicat de fous, nul droit de grève, de manifester ou de retrait, nulle tribune publique. Les voies de recours pour contester son hospitalisation sont bien affichées dans le couloir mais personne ne prend cette information au sérieux. Et la note annonçant la visite du substitut du procureur suscitera les railleries des patients – « Le but de cette visite est de veiller au respect des dispositions législatives et réglementaires encadrant l'hospitalisation dans un service de psychiatrie. Il reçoit les réclamations des personnes hospitalisées en soins sans consentement. Si vous souhaitez le rencontrer informez-en les agents hospitaliers pour organiser un entretien. »

Ils le savent tous, à l'hôpital psychiatrique, signifier son mécontentement est le plus souvent considéré comme simplement inapproprié, pathologique. Là encore comment s'affranchir de ce paradoxe ? Le patient qui veut manifester un peu d'amour-propre, d'indépendance, de liberté – un peu de vie, peut-être même un peu de rationalité – ne pourra le faire qu'en s'opposant à l'institution, et alors cet éclat, considéré comme une rébellion, ne restera pas impuni ; Robert n'a donc aucune latitude pour se mettre en colère. Seuls s'en sortent ceux qui savent rester froids et lointains dans leur rage, ceux qui savent doser, adapter, convertir leurs protestations pour échapper à la punition, à l'augmentation des doses de médicaments au prétexte d'une furieuse aggravation de leur état ; et ceux qui savent utiliser l'arme de la crise pour qu'elle apparaisse comme une réaction saine même si inappropriée, par exemple pour obtenir un rendez-vous plus rapidement avec le psychiatre – car celui qui demande calmement et poliment une entrevue peut attendre une semaine avant d'être reçu.

Pour Franck c'est une tâche quotidienne, chaque jour se demander comment entraver l'exercice du pouvoir médical, comment bafouer les règles, comment manifester son irritation, comment contrarier la machine asilaire, chaque jour grignoter un morceau de liberté, arracher un lambeau. Chaque jour Franck cherche à contester d'une manière ou d'une autre le déroulement de la journée, cherche de nouvelles tactiques – refuser de prendre ses médicaments ne sert à rien, la violence se retourne contre lui, s'enfuir est vain, il est toujours rattrapé, alors tout se joue dans les attitudes, les airs qu'on prend, les mines qu'on se compose, dans la manière, un infralangage du corps qui envoie des signaux irritants. Il y a le sourire insolent, les yeux au ciel, le silence buté, le moindre effort, la mauvaise volonté, un marmonnement hostile, des ricanements ironiques, un rot sonore, des soupirs d'agacement, toute une expression atténuée pour signifier sa désapprobation, sans hausser le ton, sans s'emporter, sans faire de vagues, car il s'agit toujours d'éviter la punition ; ne pas rire trop fort à la face du médecin qui pourrait l'interpréter comme un rire immotivé, mécanique donc symptomatique, quand ce rire est pour Franck de défi, de provocation, voire de mépris.

Franck navigue ainsi et parfois enrôle d'autres patients au nom de leur destin commun, organise de légers sabotages pour agacer les soignants – faire tinter les verres et racler les chaises tout au long du repas, marcher très lentement à l'appel de la distribution des médicaments, éparpiller les jeux de cartes et les dominos.

Ainsi va l'accablante succession des heures, que viennent troubler quelques minuscules événements, à peine visibles à l'œil nu.

En réalité, me dit Barnabé, les patients ne cessent de transgresser les règles – qui sont faites pour les névrosés, pas pour les psychotiques – car leurs folies particulières ne peuvent s'accommoder d'un règlement conçu pour tous, d'un quotidien raide et répétitif.

On avait une femme qui refusait de se laver, les premiers jours on lui imposait la douche, au nom de l'hygiène mais surtout du respect des règles, puis on a compris que ce refus avait du sens, que son odeur corporelle compensait de terribles hallucinations olfactives, elle était envahie par des odeurs d'égout et d'ordures. On nous serine que la règle est structurante, cadre, étaye, mais que signifie-t-elle pour un schizophrène à qui on supprime sa sortie en ville parce qu'il a fumé en cachette ? Ici les règles et les lois s'empilent, les patients en ont ras la gueule. Au règlement intérieur s'ajoutent les consignes propres à chaque malade – pour le téléphone, les visites, les sorties, la cafétéria, les vêtements –, et toujours présumées justes et efficaces car dictées par la raison médicale. Mais que peut-elle raisonner quand pour certains c'est déjà si difficile de se lever le matin et qu'une voix intérieure vous dit de rester alité, de se coucher le soir, de s'habiller, de démarrer, organiser et finir une journée. Quoi de plus difficile que le quotidien quand on déraille, quand on

Pour Robert

est ce grand homme triste qui se néglige, se plaint de maux de dents sans raison apparente, dit souffrir d'une maladie incurable, ne plus pouvoir ni marcher ni parler tout en déambulant dans les couloirs, la main en permanence sur sa mâchoire, à se frotter les dents et les gencives, répète que bientôt il n'aura plus de tête, plus de bouche, même plus de regard, que ses intestins se sont transformés en pierre, ne veut plus se nourrir, hurle au téléphone à son épouse qu'il est presque mort, en phase terminale de coma, puis se couche en position fœtale et attend la fin.

Le diagnostic

Léa, jeune interne, vient d'arriver dans le service, elle rêvasse devant les tarifs affichés sur la porte d'entrée, l'écart entre ces prix qui lui paraissent si élevés et le sentiment d'une pauvreté généralisée de l'hôpital – hospitalisation à temps plein : 795,33 euros par jour ; hospitalisation à mi-temps : 262,59 euros par jour ; UMD : 1156,79 par jour ; frais de 13,50 euros par jour pour les assurés pris en charge à 100 %.

Dans une heure elle recevra sa première patiente en entretien, pour une admission en hospitalisation libre, et passe en revue la liste des éléments à vérifier – chercher des antécédents génétiques ou culturels, évaluer si l'individu est impulsif, dramatique ou émotionnel, examiner sa présentation, ses vêtements, ses mimiques, un éventuel ralentissement moteur, si sa physionomie est mobile ou figée, s'il est dysphorique, d'humeur triste, histrionique, si le débit de son discours est accéléré ou ralenti, s'il manifeste une opposition active, agressive ou ludique à l'examen, s'il souffre de clinophilie, d'apragmatisme, d'incurie, de stéréotypie, l'interroger sur sa discipline sphinctérienne, chercher la trace d'hallucinations psychosensorielles, visuelles, auditives, somesthésiques, gustatives, olfactives et tactiles.

Léa garde un vif souvenir de son cours sur les hallucinations haptiques, en particulier les zoopathies cutanéo-muqueuses, cette impression de grouillement sous-cutané, toujours très localisé, dans la main, le pubis, la bouche, attribué à une infestation par de petits animaux ou des insectes. Elle avait été impressionnée par ce patient qui s'arrachait la peau pour tenter de déloger les parasites courant sous son épiderme. Elle ne sait encore rien de la patiente qu'elle va recevoir mais ne serait pas fâchée qu'elle souffre d'hallucinations.

Avant d'ouvrir la porte à Samantha, Léa se souvient d'une dernière recommandation de ses professeurs, prendre toujours soin d'euphémiser, demander par exemple ça vous arrive de vivre des choses étonnantes ? Étonnant est un bon terme, sans agressivité ni jugement, suffisamment vague, neutre, ouvert, qui permet d'envisager largement le champ des possibles, comme celui de l'impossible.

Mais elle n'aura pas le loisir de poser la question à Samantha qui a déjà un avis tranché sur ses troubles. Samantha se considère comme bipolaire et s'agace que les psychiatres se contentent d'évoquer des troubles de la personnalité. J'ai regardé sur YouTube des vidéos de bipolaires et je me suis reconnue, ça coïncide parfaitement. J'ai arrêté les antidépresseurs pour avoir un enfant mais du coup je fais des crises, il faut m'interner pour protéger mon mari de la violence. Je suis dans une phase maniaque depuis une semaine, je n'ai fait que des conneries, des achats inconsidérés sur Internet, des tatouages sur un coup de tête, mon nom en arabe et un cœur percé, un piercing sur la langue, une lunette astronomique à 400 balles que j'ai fracassée de colère le soir même contre le mur. J'analyse tout le temps, je voudrais débrancher. Et dans la rue je me comporte comme une enfant excitée qui saute dans les flaques d'eau et grimpe sur les bancs. J'ai déjà fait deux tentatives de suicide dont une avec 80 cachets de Lexomil et deux jours de coma, mais je voudrais vraiment arrêter les médicaments parce que ma vie est comme une vague aplatie par les médocs, arrêter la chimie pour me connaître vraiment, être moi. Je me demande si tout ça ne vient pas de la grand-mère perverse et autoritaire qui m'a élevée, elle est toujours pas crevée la vieille. Quand elle sera morte j'arrêterai d'être bipolaire.

L'interne se dit que la bipolarité est décidément à la mode ces temps-ci, et fait tourner la liste des symptômes : accès maniaque, visage animé, traits mobiles et sans repos, logorrhée, contenu verbal labile, yeux brillants, ludisme, sujet enjoué qui rit, chante, vocifère, projection d'un moi pathologique qui scotomise le réel. La patiente correspond-elle à ces signes ?

Samantha ajoute qu'il lui arrive de sentir des vibrations dans le périnée, l'interne pense conversion hystérique plutôt que somatisation, manifestation dans le corps d'une angoisse non verbale, le note sur un cahier à spirales.

Le lendemain Samantha sera transférée dans un autre service, plus adapté à ses désordres et ses angoisses. On confiera alors un autre patient à Léa, contrariée de ne pas avoir eu le temps d'établir un diagnostic. Cette fois, elle se fera la main, le suivant régulièrement pendant deux mois, multipliant les entretiens et les comptes-rendus, soignant ses rapports, affinant son art. Après les avoir rendus anonymes, Léa me confiera ses écrits, témoins de son talent grandissant pour le verbe psychiatrique :

21/04 à 11 h 17 : vu ce jour à son admission, présente un ralentissement idéo-moteur. Aboulie, clinophilie au domicile, péjoration de l'avenir, apragmatisme majeur.

26/04 à 14 h 49 : pas de propos suicidaires, attention et concentration difficiles.

04/05 à 14 h 32 : vu en entretien, très sthénique, regard fuyant, paraît mal à l'aise. Cynisme morbide. Son discours est pauvre, bradyphémique. Pas d'élément délirant. Ne rapporte pas directement une tristesse de l'humeur ni d'idée suicidaire. Incurie depuis une semaine. Tableau mélancoliforme. Léger tremblement de repos.

08/05 à 16 h 50 : état stationnaire, contact difficile, parle peu, quand il parle dans un pessimisme total, mettant en avant des troubles mnésiques, reste en pyjama, peu coopérant, ralenti bradypsychique.

Conclusion de l'évaluation clinique : avis neurologique. Si RAS prévoir changement antidépresseur : anafranil à dose progressive.

Demande RDV IRM cérébrale devant lc tableau clinique fluctuant avec comportements désadaptés constatés par l'équipe soignante.

18/05 à 11 h 46 : persistance de son état clinique. Dit avoir la sensation d'être pris dans un piège sans pouvoir élaborer sa pensée. Je l'informe à nouveau sur l'IRM de demain. Écholalie (répétition à bas bruit du mot « IRM »). Discours essentiellement négatif (rien, aucune idée, je sais plus). Grand flou sur son passé, problème de temporalité. Évocation de sa première hospitalisation en psy suite à une rupture amoureuse, se remémore sa relation avec une collègue de travail. Rumination du passé. Je lui demande quelles seraient les trois choses dans la vie qui lui feraient plaisir : l'alcool, les femmes et un livre.

21/05 à 10 h 16 : résultat IRM cérébrale du 18/05 : pas de lésion organique intracérébrale. Atrophie hippocampique asymétrique avec atrophie corticale temporale gauche et à moindre degré pariétale gauche.

24/05 à 16 h 30 : consultation de neuro + EEG ce jour : pas en faveur d'une démence débutante. Contact de mauvaise qualité, irritation ostensible à mes questions, incapacité à se tenir sur une chaise sans s'effondrer, comportements désadaptés dans l'unité, incapacité à verbaliser ses émotions autrement qu'avec sub-agressivité, pas de trouble du sommeil, volontiers disqualifiant lorsqu'on lui propose un changement de thérapeutique.

Conclusion : réajustement thérapeutique pour un tableau dépressif d'allure mélancolique avec possible syndrome de Cotard.

26/05 à 17 h 53 : entretien avec les parents (père 87 ans et mère 81 ans). Un peu plus présent dans l'entretien. Décrit par ses parents comme habituellement plutôt jovial et bon vivant, courtois et attentionné, avec le sens du bon mot, ayant occupé successivement des emplois de comptable dans le privé, puis dans l'administration, aurait gravi les échelons par concours mais parti trop précocement à la retraite pour prétendre à des revenus confortables. Dernier d'une fratrie de trois. Avait le projet de vendre son appartement à la retraite pour aller vivre dans le Sud. Permission pour la nuit du 29 au 30, accompagné.

La patience de Fabrice

Fabrice, quarante ans de pratique psychiatrique, a une empathie particulière pour les jeunes schizophrènes. Schizophrénie c'est le grand mot, la grande maladie, la grande affaire de la psychiatrie, le diagnostic le plus fréquent, on estime que 1 % de la population, quels que soient l'époque et le lieu, serait schizophrène. En temps de guerre, de catastrophe, de famine, ce taux peut monter à 4 %. Comme toujours, ce sont surtout les pauvres qui sont malades, davantage exposés à l'anxiété, celle qu'engendrent la misère, la solitude et le déracinement. On a coutume de dire qu'un schizophrène naît avec des gènes de prédisposition qui, à la faveur d'un accident de la vie, d'une enfance maltraitée, d'une overdose, éclosent, s'expriment, éclatent à la surface de la conscience comme des bombes à retardement – la pelote neuro-psycho-socio-familiale qui nous constitue emmêle tous ses liens et prend feu.

Fabrice se souvient de son premier schizo – schéma classique, son père lui parlait à distance, lui ordonnait de tuer sa mère car sa mère était le démon dont il devait protéger toute la famille, et il l'a tuée. Le schizo est un être insaisissable qui se contredit sans cesse, parfois dans une même phrase, qui peut être envahi simultanément par l'amour et la haine. Son cœur et sa tête sont comme un arbre foudroyé et déchiqueté par la tempête, plein d'arêtes et d'échardes gigantesques, nous on appelle ça discordance intrapsychique et délire paranoïde. C'est une transformation profonde de la personnalité, la fin du monde commun, une dérive dans un chaos imaginaire, fait d'idées délirantes et d'hallucinations. Je me suis toujours mieux entendu avec les schizophrènes qu'avec les mélancoliques ou les bipolaires, ils ont de la repartie, du bagout, un vrai penchant pour la contestation, ils n'acceptent jamais aucune consigne sans négocier. Je les aime ces insensés qui continuent obstinément à chercher du sens, leur logique est pulvérisée mais ils y tiennent, ne renoncent jamais à reconstruire la réalité, brique délirante après brique délirante.

Fabrice, fils et petit-fils d'infirmier psychiatrique, a pourtant cru échapper à ce monde-là en passant un BTS électronique et en montant un groupe de rock qui tournait dans les mariages et les bals de villages. Mais à 20 ans il est déjà vacataire de nuit dans le même hôpital que son père. À l'époque je croyais qu'on pouvait guérir les gens, j'ai mis du temps à comprendre qu'on pouvait seulement les soulager, les stabiliser pour un temps, j'étais naïf, révolté par la brutalité des autres infirmiers, j'imaginais qu'en parlant, qu'en créant des liens on pouvait venir à bout de toutes les crises, de tous les délires, je ne supportais pas les scènes de violence, devoir y participer, monter au front, qu'on m'accule à ceinturer des patients. Au fil des années j'ai compris qu'ils sont parfois tellement barrés qu'ils n'entendent plus, on a beau discuter, argumenter, nos mots atteignent leurs oreilles désarticulés, déformés, en bouillie, ils n'ont déjà plus aucun sens. Alors j'ai pensé que comme les autres je m'habituerais mais ça n'est pas arrivé ; j'ai démissionné et je suis passé à l'extra-hospitalier, un environnement moins cruel. De surveillant je suis devenu éducateur, assistant social en foyer thérapeutique, occupé à resocialiser les patients, à les déchroniciser, à leur réapprendre à marcher dans la ville après dix ans enfermés dans le coffre-fort de l'asile. Je ne portais plus de blouse blanche, je bricolais de la connivence, une petite communauté bienveillante au sein de laquelle chacun pouvait soigner l'autre, des anciens dépressifs prenaient soin de ceux qui ne s'en sortaient pas de leur mélancolie, des bipolaires calmaient mes humeurs quand j'étais en colère.

Au bout de dix ans la structure, pas assez rentable, a fermé, j'ai trouvé un poste dans un autre service ouvert, un lieu peu médicalisé, un lieu transitoire où se mettre au vert le temps d'une crise, ne rien faire et penser, penser à comment vivre. Dans ce service les patients choisissaient qui les soignerait, les accompagnerait. Ils nous observaient quelques jours puis désignaient l'un d'entre nous, celui dont la gueule leur revenait. Pendant toutes ces années j'ai pu échapper à la psychiatre vétérinaire, au gardiennage, aux exorcistes qui soignent comme on désensorcelle.

Mais quarante ans plus tard, pour mes deux dernières années avant la retraite, me voici à nouveau en service fermé, et je vois à quel point les choses ont changé : de moins en moins de lits et de plus en plus de violence sociale, davantage de jeunes désabusés et suicidaires qu'on prend pour des psychotiques quand ils sont en réalité ravagés par les réseaux sociaux. Les maladies aussi ont évolué, c'est devenu plus difficile pour moi de les diagnostiquer, autrefois les cas étaient clairs, simples, désormais à nouvelle société nouvelles pathologies, à nouvelles identités nouveaux symptômes, et moi je suis un gars du temps d'avant, la transidentité, les migrations, ces nouveaux individus brouillés, je ne sais pas toujours y faire.

Au pavillon 4B Fabrice a choisi de s'occuper en particulier d'une jeune patiente qui semble venir d'un temps d'avant, archaïque et légendaire.

Esther a 21 ans et avant d'être internée à l'hôpital psychiatrique n'avait rien connu d'autre que sa famille, cellule active d'une mystérieuse secte juive, non répertoriée par la Miviludes, ne comptant qu'une centaine d'adeptes dans toute la France et dont les membres se marient entre eux. Hormis Fabrice, personne ne peut approcher Esther qui a décompensé après avoir passé le concours de professeurs des écoles, une étape qui devait marquer son entrée dans la vie professionnelle et sociale. Quand elle a raconté son histoire pour la première fois, les psychiatres ont pensé qu'elle fabulait.

Soumise aux strictes prescriptions de la secte, Esther ne s'est jamais coupé les cheveux, qu'elle porte ramassés sous un fichu, ne se lave qu'une fois par semaine, doit demander à ses parents ou son frère aîné la permission de se rendre aux toilettes – ce qu'elle continue de faire ici avec Fabrice –, n'a ni télévision ni ordinateur, n'est pas autorisée à fermer la porte de sa chambre, à aller au cinéma ou au musée, à porter un maillot de bain, à se regarder nue dans un miroir – elle le fera à l'hôpital, découvrant pour la première fois son corps d'un seul tenant. Hors la transe de la foi, toute forme de plaisir est proscrite. Le temps libre est dédié aux cérémonies religieuses et les repas, silencieux, sont consacrés à la lecture de la Torah.

Dans cette famille pathogène, Esther compte un frère trisomique, une sœur schizophrène, une autre anorexique, la dernière s'étant enfuie et mariée avec un musulman. Appartenir à un autre corps que celui de la famille est inenvisageable, aucune fréquentation en dehors de l'emprise de la secte n'est tolérée, et le délire est la seule issue.

Fabrice dit que c'est le genre de cas qu'on ne rencontre qu'une fois dans une carrière, et les médecins sont désemparés devant cette jeune femme chétive et blafarde, incapable de la moindre action, vêtue d'une longue jupe de drap marine, d'un chemisier brodé et d'un gilet monacal, qui marmonne depuis un lieu et un temps inaccessibles – un filet de voix à peine audible, un souffle qui s'éteint –, au visage impassible et au regard de biais, impuissante à lever les yeux vers nous.

Un jour pourtant je la surprends devant la télévision, le dos droit, les mains posés à plat sur les cuisses, regardant l'écran bien de face, sur lequel un couple s'embrasse à pleine bouche ; ses yeux sont vides, la pupille parfaitement immobile, ses traits sans expression. Je l'imagine secouée en silence par une multitude d'émotions, le cœur perforé de stupeur, de honte, de désespoir, je l'imagine bouleversée, terrassée, et sans doute j'imagine mal.

Fabrice et le psychiatre ont pu, une fois seulement, recevoir ses parents en entretien, qui confirment non pas la psychose fonctionnelle et le délire familial mais les désordres de leur fille, au motif qu'elle ricane pendant la lecture de la Torah et passe beaucoup trop de temps aux toilettes. Esther avouera plus tard que le cabinet exigu est en effet l'unique lieu de repli et de paix, porte close, enfin seule avec elle-même, peut-être ses rêveries, et toutes les parties de son corps.

Fabrice reconnaît dans cette histoire singulière un invariant, un poncif de la psychiatrie : l'individu atteint est bien souvent le symptôme d'une famille malade qui ne peut conserver sa cohérence et sa légitimité qu'en désignant un de ses membres comme l'élément perturbateur, le ferment du désordre.

Mais les médecins sont impuissants face aux funestes parents d'Esther car l'isoler est impensable, la famille reste son unique référence, la seule réalité tangible, le seul monde possible dans une existence effondrée. Esther ne supporterait pas une telle séparation, refuserait alors d'être soignée. Il n'est pas encore temps de la transférer d'une institution à l'autre, des serres empoisonnées de la famille aux mains gantées des médecins.

Dans l'attente on ne peut qu'aménager une autre poche de réalité, le pavillon 4B devient alors cet espace alternatif où Esther fait des séjours réguliers mais interrompus, où avec Fabrice elle apprend la vie par à-coups. Il faut toute la délicatesse et l'expérience de l'infirmier pour lui enseigner la liberté, de prendre une douche, de s'adresser aux autres, de ne rien faire, pour lui apprendre ce qu'est une existence en propre, pour lui permettre d'entendre en elle, venant des profondeurs, l'angoisse, la faim, le désir et la fatigue, autant de signaux indéchiffrables, pour lui poser la main sur l'épaule sans qu'elle pousse un cri d'effroi, et pour la laisser repartir quand sa mère lui manque – car elle lui manque comme manquent leurs parents à de nombreux enfants cognés, abusés, violentés.

Matière noire

Chez Esther la vie semble suspendue, désactivée mais prête à se relancer, à actualiser la promesse de sa venue au monde, à retrouver le cri primal, à renouer avec le miracle de la naissance, premier souffle, peau contre peau, avant que la famille mortifère ne fasse son office.

Chez Arthur la vie a déserté si loin, depuis si longtemps, qu'on ne sait plus quels mots ou quels gestes auraient encore un sens, pourraient lui parvenir, dans le brouillard et le chaos, ne seraient pas, plus que vains, indécents.

Moi qui pensais naïvement qu'une dépression se soignait mieux que la schizophrénie ou la psychose, qui imaginais que la mélancolie emmenait peut-être moins profond dans les crevasses mentales, je ne connaissais pas Arthur, sa peine que rien ne borne, sa solitude assourdissante. Barnabé me confirme que les grands mélancoliques ont ceci de tragique qu'ils ne sont pas protégés par leur délire comme peuvent l'être les schizophrènes, qu'en ce sens leur douleur est plus préoccupante encore, qu'ils guérissent rarement.

Et ce que je vois à la place d'Arthur, 38 ans, c'est de la matière noire qui vous aspire, à la place de son regard pâle des larmes qui coulent sans gêne ni retenue, Arthur qui se décrit comme un sac de plâtre posé là, qui dit je m'émiette, je m'épluche, je n'existe pas, si au moins j'existais je pourrais me détruire. Qui dit j'ai un lac au milieu de la tête.

On lui a confisqué les lacets de ses baskets pour qu'il ne se suicide pas, mais est-ce qu'on ne trouve pas toujours les moyens de. Certains sont capables de s'étrangler avec leur t-shirt.

Arthur vient d'une clinique privée institutionnelle, il en a été exclu après avoir frappé, à bout de nerfs, une patiente délirante dont il ne supportait plus le babil aigu et incessant. Il en voulait aussi à l'encadrement, trop lâche selon lui, qui permettait aux fous d'exprimer bruyamment leur folie, sans limite sonore ni verbale. Il espère qu'au pavillon 4B on fait taire les gueulards, on cadre les furieux, car le moindre cri lui fait désormais l'effet d'une giclée d'acide.

Le jour je travaillais comme gestionnaire de stocks dans un entrepôt Carrefour et le soir je lisais, des polars, des récits de voyage, Elsa Marpeau, Fred Vargas, Bret Easton Ellis, Sylvain Tesson, et Amélie Nothomb, qui a toujours répondu à mes courriers, on écoute le même groupe de metal américain, Tool, je lui envoie de temps en temps des photos du chanteur. Aujourd'hui avec les médicaments je n'ai plus la force de lire. Sans doute est-ce plus raisonnable d'être enfermé ici plutôt que d'errer dans les rues, mais le vide des jours me tue et si les médicaments aident un peu à tenir ils ne font pas aimer la vie. Je suis un homme sans désir, unipolaire, dépressif dépressif dépressif. J'envie les bipolaires, quelle chance de pouvoir alterner les humeurs, monter descendre, on est vivant. Je travaillais bien sûr mais ça ne remplit pas une existence quand on a ni amis ni amour ni famille ni loisirs ni même de vagues fréquentations. Rien. D'aussi loin que je me souvienne je n'ai jamais éprouvé aucune satisfaction. À l'hôpital on vous explique qu'il faut avoir des projets mais je n'en veux pas, j'imagine plutôt tout abandonner, travail, logement et livres, je ne veux ni femme ni enfants, je finirai à la rue, je suis hors d'usage.

Arthur boit de petites gorgées régulières, sa bouche est asséchée par les cachets, sa voix pâteuse racle tous les mots, petit j'étais déjà comme ça, fuyant, apathique, je regardais mon père se dégrader au fil des années, une présence physique mais sans paroles, dépressif lui aussi, perclus d'hallucinations, il a fait cinq séjours en psychiatrie, le premier a coïncidé avec ma naissance. Un jour il m'a dit j'aurais mieux fait de me branler plutôt que d'avoir un gosse. Je ne veux pas être comme mon père, une charge de plus pour ma mère, j'ai été fini à la pisse.

À l'hôpital la solitude d'Arthur est totale, il ne reçoit ni visites ni appels. En réalité il a aimé une fois, cet amour l'a ravagé et le chef de service a convoqué la coupable pour qu'elle cesse de lui envoyer des textos – sa psychanalyste. Elle a peut-être imaginé le sauver en l'aimant, car sous le puissant effet sédatif de l'amour on a vu flancher les plus rigoureux des scientifiques. Quand Arthur a voulu rompre, au bout d'un an de liaison inavouable, elle est venue chez lui, il a sauté par la fenêtre pour lui échapper, s'est cassé la cheville, la psychanalyste a dû se dénoncer et désormais Arthur se méfie des médecins.

Il doit pourtant subir ce qu'il appelle des interrogatoires plutôt que des entretiens et ce matin il est convoqué par Sarah après s'être jeté sur Robert, une fois de plus à bout de patience, excédé par ses grognements animaux.

Vous n'êtes pas à votre place ici, vous ne supportez pas la vie en communauté, tout le monde vous énerve. Je ne vois vraiment pas où serait ma place. Vous devez rentrer chez vous, retrouver un rythme de vie adapté, vous bouger un peu, reprendre un travail facile et simple à l'Esat, en milieu protégé, vous tournez en rond dans ce service, de quoi avez-vous peur ? J'ai peur de tout, je suis foutu, je ne suis pas en état de sortir, c'est trop dur dehors et c'est trop dur dedans. Arthur pleure, mains jointes, statue de sel. Y'a pire comme maladie vous savez, on va vous envoyer à l'hôpital de jour pour finaliser un projet, qu'est-ce que vous voulez ? Je n'existe pas, comment voulez-vous que je veuille quoi que ce soit.

Ces deux mots, finaliser, projet, me font instinctivement lever les yeux vers Arthur, me font l'effet d'une insulte, d'une balle dans la tête.

Sarah le raccompagne à la porte, faites-vous confiance, faites-nous confiance, et c'est comme si, privé du recours des molécules – inefficaces sur Arthur –, son système s'effondrait, le langage lui-même agonisait, réduit à quelques paroles automatiques et dévitalisées, dictées par la loi de l'offre et de la demande, à quelques phrases dénaturées, absurdes et cruelles. On voudrait qu'Arthur se remette en marche dans une vie qui exige des hommes volontaires et enthousiastes, des hommes qui fonctionnent.

De retour devant son écran, Sarah note : rétif aux soins, pas d'alliance thérapeutique, dépression endogène et réactionnelle, état stuporeux. Elle tape patient buté puis, professionnelle, efface.

Arthur n'en peut plus, du vide comme du plein, du dedans comme du dehors, du jour comme de la nuit, de la solitude comme de la communauté, de l'activité comme de l'inactivité. Il se plaint de tous ces temps morts en chambre mais aussi des séances de sport et des activités manuelles ; dessin, sculpture et couture le font enrager. Vous pouvez me proposer tout ce que vous voulez, rien ne me fait plaisir, ne m'a jamais fait, ne me fera jamais.

Le temps est mort

Au pavillon 4B la question des activités provoque l'irritation des patients autant que des soignants. Les infirmiers s'agacent souvent de la passivité des malades – faut pas trop leur en demander à ceux-là –, de leurs revirements permanents – un jour ils se morfondent, le lendemain ils trouvent qu'on les sollicite trop, et le surlendemain ils refusent toute activité –, et de leur mauvaise foi – ils disent s'ennuyer à l'hôpital mais chez eux ils s'ennuyaient quatre fois plus.

L'activité et l'inactivité sont sur prescription médicale. Et le temps est moins celui des horloges que celui de la psyché, une durée désaxée, une chronologie perturbée, comme le sont les perceptions, les émotions. Dans les esprits affectés tout se ralentit et s'accélère brusquement, sans logique connue, sans anticipation possible.

Barnabé me dit que parfois l'ennui soigne, qu'il faut trouver le juste équilibre pour chaque patient entre ce qu'il appelle le temps occupationnel et le temps vide, estimer la part d'espace mental à laisser à chacun pour pouvoir réfléchir ou divaguer ni trop ni trop peu. Parfois on prescrit de l'ennui, parfois un emploi du temps serré – rendez-vous chez le généraliste, la psychologue, visite de la famille, ergothérapie, sortie à la cafétéria, à la salle de sport.

Chez Robert, enfermé là depuis trente-cinq ans et qui n'en sortira jamais, dont les journées sont balisées heure par heure, sans vide possible – il s'y abîmerait corps et âme –, le temps est une obsession. Robert porte une montre digitale Casio et c'est son bien le plus précieux, une passion qui le ravage, il la consulte chaque minute, compare l'heure indiquée à sa montre et celle de toutes les autres horloges du service, relève les écarts de secondes, les incohérences, s'en inquiète, me demande l'heure plusieurs fois par jour, est capable d'étrangler de rage et d'angoisse l'aide-soignante qui le prive de sa précieuse Casio au moment du coucher, pourrait en crever de ne pas savoir l'heure quand il n'y a plus que cela qui existe, qui donne une forme à la vie, des contours, un rythme.

Youcef m'avait dit ici le temps passe et repasse, on attend l'heure de la clope, il passe et repasse, on guette l'heure du déjeuner, il passe et repasse jusqu'à la nausée. Pour moi aussi, visiteuse furtive pourtant, le temps s'étire, je le sens flasque tel que le décrit Youcef, bien plus que thérapeutique tel que le rêve Barnabé.

Un matin je le sens davantage encore, voyant Arthur avachi sur une chaise, assommé par les cachets, son t-shirt souillé de bave, sa tête lourde, comme guillotinée, nuque cassée, qui repose sur sa poitrine ;

cette tête pèse une tonne, lestée de tout le poids des médicaments et des ressassements, des jours qui se répètent et sédimentent, de ses pensées qui sont bien plus qu'une simple activité neuronale, plutôt une coulée de plomb qui entraîne tout son corps vers l'avant. Plus loin, c'est une femme qui s'est assoupie contre un radiateur, son corps contorsionné, ventousé au radiateur dur et froid, ivre d'ennui.

Ici on dort assis ou debout autant que couché. Ici tout se fige dans la glace des neuroleptiques et de l'enfermement. Le temps aussi est une banquise, à moins qu'il ne soit de la mélasse, un truc qui colle et se distend. À force, ce n'est même plus du temps, mais une masse informe qu'on voit glisser en apesanteur dans les couloirs, telle une créature de Miyazaki.

Il semblerait que les soignants tentent de le récréer artificiellement ce temps, avec des horaires, des rituels, des rendez-vous – heures des repas, des clopes, de l'ergothérapie, l'immense horloge de la chambre d'isolement –, mais en réalité cela ne suffit pas, le temps est mort, ne reste que cette durée poisseuse qui englue chaque mouvement. Je la sens épaisse et tiède dès que je pousse la porte du service. Autour de moi l'impression grandissante que tout ralentit, pas seulement les corps, mais aussi les lumières, les couleurs, les sons, atones, apathiques et ternes, les choses, de plus en plus mornes, grises, imprécises, comme si les objets eux-mêmes flanchaient, je pense aux montres molles de Dali, aux objets fondus que l'on retrouve dans les décombres après un incendie, je sens tout autour comme un léger mais net affaissement du monde matériel.

Et c'est bien tout ce que je peux sentir, car la douleur d'Arthur je ne la comprends pas, j'y accède à peine. Je ne dispose que de quelques signes, la possibilité d'adresser un salut, cela pourrait être une main furtive sur l'épaule, mais souvent je n'ose pas de peur d'être intrusive, cela pourrait être un mot mais souvent je le cherche et il est trop tard quand je l'ai trouvé, ou je le cherche en vain car je crois encore que ce mot doit avoir un sens alors qu'il n'est qu'un geste. Rien de ce qu'Arthur et les autres me demandent n'est possible, n'est autorisé – leur ouvrir la porte, leur acheter un sandwich grec au kebab de la place du marché, leur rapporter de l'encens –, il ne nous reste que des détails, mais qui prennent ici une importance. Un rire, un regard, une patience, rapprocher un siège, ramasser une cigarette, prévenir qu'il y a une marche, un courant d'air, attention ta tête. Un geste, concret, matériel, une action minuscule, pour que quelque chose s'incarne, capte l'attention, existe enfin avec certitude dans cet espace imprécis, cotonneux, hypnotique, dans ce temps démembré, siphonné par la souffrance.

Pendant ces jours passés au pavillon 4B il aura fallu me contenter de ces actions dérisoires mais réelles, me contenter d'approcher, de rôder, d'apercevoir un instant, de prélever quelques visages, récolter quelques phrases, moissonner quelques moments – et les laisser sédimenter –, d'assister à l'expression de la vie mise à nu – en ne sachant pas toujours où me mettre, parfois désajustée, maladroite – et d'éprouver ma capacité non pas à comprendre mais à humer, recueillir, éprouver. Puis m'en tenir là.

Souvent j'aurais voulu être plus discrète, souple et instinctive comme le lynx, être dotée des mêmes pinceaux de poils au bout des oreilles, sensibles aux plus infimes mouvements de l'air, aux ondes les plus ténues, et capter ainsi l'invisible et le silencieux. J'imagine tout ce qui m'a échappé, tout ce qui a dérivé au loin, hors de portée, même si j'ai essayé, animal impotent, de faire monter en moi l'intuition, de faire baisser la raison, discursive et impatiente, pleine d'elle-même, et d'activer en vain des zones endormies de mon esprit.

Auprès de Franck, Maria, Arthur, Barnabé, Adrienne, j'ai compris qu'ici rien ne tient très longtemps, ni la foi ni les doutes, ni les évidences ni les principes, tout est si précaire et révocable – le savoir, le soin, la parole des soignants comme celle des patients. Le seul principe qui vaille est d'incertitude. Il n'y a que des situations, feuilletées et lentement agrégées, et si peu d'explications, qui aplanissent, compriment. Il y a des échos et des réverbérations et si peu de conclusions.

C'est une expérience qui, loin d'éclairer, de démêler, opacifie et maintient dans l'ignorance, l'ambivalence, une expérience sans révélation, sans dénouement, sans fin. Pourtant cette ignorance est une grâce, elle apaise et fortifie, libère et assagit, rend disponible, vacant, simple pisteur de chants et de traces en forêt, simple récepteur, tympans vibratiles et pupilles béantes pour, le temps d'une expérience, se débarrasser de l'écrasante charge de la vérité.

Loup-garou

Ce matin, Franck propose de me montrer sa face de loup-garou, un simulacre de métamorphose, pour que je comprenne, que je fasse l'expérience de la peur, pour me prouver je ne sais quoi, sa folie ou le contraire. Il m'emmène dans sa chambre, me fait asseoir, se tient debout face à moi l'air concentré et en un éclair change d'expression, ses yeux fixes exorbités, se met à trembler, crispe sa mâchoire, retrousse ses babines, sort les crocs, serre les dents à s'en faire péter l'émail, souffle et crache, cela dure, je soutiens faiblement son regard, il insiste, sa veine temporale qui palpite, le rouge qui monte au front. Puis Franck s'arrête net, rigole, satisfait de sa performance – alors, t'as flippé ?

Mais si tu fais le fou Franck c'est donc que tu ne l'es pas. Si tu simules la bête c'est que tu es homme. Il semblerait à cet instant que tu feins autant la folie que la raison. Que tu sais exactement où tu te tiens, peut-être ni d'un bord ni de l'autre, ni dément ni sage, quand moi je ne sais plus rien, léger vertige. Je crois que tu m'as eue Franck.

Quand je demande au médecin-chef pourquoi les visages des fous sont si expressifs, si contrastés, si grimaçants et inquiétants parfois, pourquoi les muscles faciaux, le muscle abaisseur de la lèvre inférieure et le muscle élévateur de l'angle de la bouche se contractent si puissamment, il juge ma question naïve. Parfois, dans la rue, je croise ces regards noirs, accusateurs, ces pupilles fixes, ces sourires crispés ou ironiques, je perçois les spasmes, les nerfs sous la peau électrique, je vois la pâleur de la colère et j'imagine des tempêtes crâniennes, la souffrance tapie sous l'os frontal, je pense à tout ce qui sourd à l'intérieur, quand le médecin évoque tout ce qui s'abat depuis l'extérieur. Car la folie détruit toutes les protections, tous les filtres, tous les remparts qui tiennent le monde à distance, en respect, qui instaurent entre nos corps et la réalité une sorte de zone tampon, un périmètre de sécurité et de pudeur – quelques centimètres peuvent suffire, une brassée d'air, un souffle.

Quand je lui demande qui est fou, le médecin répond le fou est celui qui se prend la réalité en pleine gueule. La plus petite parcelle de matière fond sur lui comme une météorite en feu, une goutte de pluie est d'acide, une poussière du poison, un coup d'œil un coup de poignard. Rien ne le protège, tout fait violence, les traits se déforment sous l'impulsion d'une parole anodine ; le monde, les autres, les couleurs et les mouvements viennent s'imprimer directement au fer rouge sur le plan à vif de son visage. Le médecin m'explique que les psychotiques sont comme marqués en continu par des microtraumatismes. La moindre lumière brûle leurs yeux, le moindre crépitement sonore déchire leurs tympans, c'est un fracas phénoménal dans leurs têtes poreuses. Tout ce qui advient et entre dans leur champ de perception est vécu comme une commotion, une meurtrissure – une cuillère qui tombe, un enfant qui hoquette, peut-être cette mouche qui se pose sur le mur. Sans défense toujours, sans capacité de refoulement souvent, ça sort, ça jaillit, ça éructe, ça dit la vérité toute nue même quand il s'agit d'affabulations, ça ne trie pas, ça ne sépare pas le bon grain de l'ivraie, c'est à prendre ou à laisser, cette hyperexpressivité, cette augmentation de tout, ce bouleversement perpétuel.

Certains disent de Franck et de tous les autres qu'ils perdent le réel, qu'ils perdent le contact, quand c'est l'inverse. Il y a plutôt excès de réel, ils en crèvent de ce réel trop proche, trop fort, trop grand, qui leur colle aux basques et au cerveau.

Le goûter de Noël

J'observe Adrienne confectionner, avec une gaieté appuyée, des santons de Provence dans des emballages cartons, décorer les fenêtres avec des bonhommes de neige, suspendre des guirlandes en papier crépon aux néons, et ne serait-ce les fous on se croirait dans une classe de maternelle. Adrienne n'apprécie pas qu'on la cantonne à ces travaux de décoration qu'elle juge infantilisants, se plaint qu'on ne lui fournisse aucun matériel, même pas une guirlande lumineuse, une bombe à neige artificielle, seulement du recyclage de boîtes de biscuits, mais elle s'y plie avec discipline et entrain.

Ce sentiment d'infantilisation est sans doute partagé par les patients, sensibles à la manière dont on s'adresse à eux, à cette limite parfois trouble entre la compassion, la douceur, l'empathie, et un ton abêtissant et paternaliste. L'infantilisation c'est ce soignant qui parle d'un malade à la troisième personne en sa présence, celle qui lance ah tu vas en promenade c'est bien ça, des petits chefs faussement bienveillants, excessivement polis, c'est le patient qui coupe la parole et se voit sermonner comme un gosse – tu attends que j'aie fini de parler –, ce sont des intonations condescendantes qui échappent, pas toujours malintentionnées mais souvent blessantes, c'est l'idée commune et dominante d'une faiblesse généralisée, d'une déficience de tous, le présupposé de leur présence ici.

Et je me demande ce que les patients du pavillon 4B pensent de ces décorations maladroites et enfantines, sans doute rien, ils s'en foutent, savent seulement qu'elles annoncent le goûter de Noël.

Une longue table à tréteaux couverte d'une nappe rouge et décorée de lutins a été dressée au milieu de la pièce à vivre. C'est la première fois que je les vois attablés tous ensemble, devant des paniers de pâtes de fruit, de clémentines, de friandises, des cakes marbrés, des bouteilles d'Oasis et de Coca.

Ils se sont installés avec plus d'empressement que de coutume, on s'est bousculé pour choisir la meilleure place en face de la pyramide de chocolats, on a déplié les serviettes en papier, de couleur pour l'occasion, on a apprécié le pschitt de la bouteille de Coca qu'on dévisse, on s'est frotté les mains contre les cuisses, donné des bourrades amicales, adressé enfin un sourire – le banquet pouvait commencer.

Mais après le brouhaha du coup d'envoi, le silence aplatit la fête comme une presse, on boit maintenant sans un mot, on engloutit tout ce qui se trouve à portée de main, aucune phrase ne nous vient, même pas pour commenter la nourriture, se réjouir de tout ce sucre ordinairement interdit, de l'abondance, de la belle table. Seule la voix d'Adrienne qui répond au téléphone à son mari – un oui chéri ! sonore – vient crever l'ambiance de plomb.

Cela dure ainsi plusieurs minutes avant que Youcef – t-shirt floqué d'un « passez à côté de moi et vous frôlerez la perfection » – tente de sauver la situation. Il pose son portable sur la table, monte le volume, le *Chant des partisans* s'élève alors au-dessus des pâtes d'amande. Une ASH commence à accompagner timidement les paroles tandis que j'ose à peine murmurer, ce soir l'ennemi connaîtra le prix du sang et des larmes, les poings ne se lèvent pas, les mains affamées continuent de saisir gâteaux et chocolats, nos cœurs se fracturent en silence.

Puis Youcef choisit en vain d'autres musiques, Joe Dassin, Beyoncé, et *Ma philosophie* d'Amel Bent, son morceau préféré, qu'il chante à tue-tête, vi-ser la lune ça nme fait pas peur, cette fois rejoint par Lucette, tout juste internée au pavillon 4B. Lucette se lève, exige que tous chantent, encourage, quelques voix se dressent enfin, l'atmosphère en est un peu réchauffée, à peine, les airs restent tristes.

Lucette insiste, la plus gaie à cet instant ; elle vient pourtant de commettre une tentative de suicide en s'immolant. Auprès des pompiers, des urgences puis des psychiatres, elle a évoqué un harcèlement moral au travail, un burn-out, une grande fatigue, puis quelque chose d'autre a commencé à sourdre, d'abord un flash, des images de chambre d'enfant à la Guadeloupe, et le souvenir soudain et vif de son frère qui la viole entre 7 et 9 ans. Un souvenir demeuré silencieux et invisible pendant quarante ans. La mémoire revenant, Lucette a sombré, comme si elle se voyait partir en poussière. Elle cherche à s'arracher la peau, prend des douches toutes les heures, se recroqueville, assise par terre comme une enfant, écrit et parle comme une petite fille de 7 ans, reprend le cours de sa vie à rebours, jusqu'à l'âge fatidique, roulée en boule sur le lino de sa chambre. Et maintenant elle chante.

Il manque quelqu'un à cette table, la plus belle voix du service pourtant. Maria, qui refuse de sortir de sa chambre, préférerait écouter Cesaria Evora sur son portable et au fond de son lit. Depuis vingt minutes une aide-soignante tente de l'asseoir dans son fauteuil, elle se laisse glisser, pleine de mauvaise volonté, et de malice, on lui demande de cesser sa comédie, on lui promet un goûter fastueux elle qui aime les sucreries – pâtes de fruit de merde, vous pouvez vous les garder !

Maria finit par faire son entrée, l'air renfrogné, en chemise de nuit, ses jambes et pieds nus et gonflés, un bonnet à pompon rouge enfoncé jusqu'aux yeux et des gants assortis, des perles aux oreilles – y'a rien de beau ici, c'est pour ça que j'ai mis des bijoux. Elle s'approche de la fenêtre pour regarder tomber la neige, faut écouter tomber la neige, chut, trop de bruit, trop de bavardages, on n'entend rien.

Puis dédaignant les chocolats en papillote Maria m'avise, se lance dans un monologue marmonné à la surface duquel j'attrape quelques informations ; il est question de Cuba, de l'eau claire en Sicile, de crèmes pour le visage, de son mariage pour lequel elle s'était fait défriser les cheveux, de Pasqua et Balladur qui nous ont fait la misère pour les papiers, de sa vie passée de femme de ménage et garde d'enfants, de me cuisiner une dorade à la bière et un gâteau à l'orange. J'hameçonne parfois un mot pour relancer, à défaut je souris bêtement, la logorrhée se transforme en bouillie verbale – est-ce que je dois continuer à sourire, hocher la tête, ou dire à Maria qu'elle est inaudible au risque de la blesser, de la mettre en colère, et de culpabiliser ? Des plus expérimentés sauraient sans doute la déchiffrer, la comprendre, non pas qu'ils entendraient mieux, plus distinctement, mais ils seraient plus attentifs, déduiraient un propos d'un mot saisi au vol, reconstitueraient ainsi une pensée, une expérience. Ils sauraient également la part des effets secondaires des médicaments et la part de jeu dans ce bredouillage, et ce que ce jeu signifie – réclamer de l'attention ou signifier la violence de ce qui lui est infligé ; tandis que je reste démunie, entre agacement, gêne et compassion.

Alors que le banquet se termine, chacun rejoignant sa chambre repu de sucre, Maria, d'une voix soudainement cristalline et articulée, entonne une chanson de Piaf, l'amour c'est ce qu'il y a de plus beau. Son babillage informe s'est dissous dans un chant limpide et beau, puis c'est Dalida sans une fausse note et, soulevant lentement ses bras comme des enclumes vers le ciel, elle déclare : lève tes bras et écris la liberté. Et comme si chanter avait dégrippé sa voix, désencombré sa parole, Maria s'exprime maintenant sans difficulté, me raconte sa beauté fanée, son mari enfui, ses lectures de guides de voyage, son amour des bains de mer, et attendre la réincarnation, espérer beaucoup de sa seconde vie. En quoi voulez-vous vous réincarner ? En pigeon. Pour chier sur la tête des gens ? Elle rit et c'est un soulagement, pour moi plus certainement que pour elle. Maria propose maintenant qu'on regarde les clips sur MTV, rap et RnB, dents en or, grosses cylindrées et palmiers, Maria chante aussi sur Booba, se trémousse dans son fauteuil, attentive aux chorégraphies, peste contre les danseuses aux poitrines refaites, me chuchote à l'oreille que puisque c'est Noël je dois voler pour elle un Ferrero Rocher dans la salle de repos des soignants, que si je ne le fais pas je suis une trouillarde, une lâche. Vous savez, avant d'être enfermée ici j'étais sauvage, et vous, vous ne l'êtes pas assez.

L'aide-soignante est de retour, Maria doit réintégrer sa chambre avant le dîner, du bout du couloir elle me crie une dernière phrase, à méditer : normalement c'est le cerveau qui dirige le doigt, chez moi c'est le doigt qui dirige mon cerveau. Puis se laisse porter dans son lit sans protestations, demande seulement qu'on garde la porte ouverte pour entendre les bruits dans le couloir.

Les vacataires

Deux nouvelles vacataires, Claudine et Anita, ont intégré le service, encore pleines de gaieté et d'allant, de patience et d'empathie, malgré des années de pratique et des conditions de travail éprouvantes, toujours disposées à écouter, encaisser et apprendre – une formation sur l'humour est prévue dans quelques jours, elles se sont inscrites.

Comme beaucoup d'autres elles arrivent en renfort quand le manque de personnel devient intenable, que les arrêts maladie se multiplient, que l'effectif minimum de sécurité n'est plus assuré – soit deux infirmiers et un aide-soignant pour une douzaine de malades. Il arrive que, faute de personnel, un pavillon ouvert se ferme, que des patients auparavant libres de leurs mouvements – ce qui était autrefois le cas dans ce service – doivent maintenant demander la permission de se rendre à la bibliothèque ou à la cafétéria.

Les vacataires viennent aussi prendre le relais de Mireille, une ancienne éleveuse de chèvres devenue infirmière à 50 ans après son divorce – sa retraite minable de femme d'agriculteur ne lui permettait pas de vivre. Aujourd'hui c'est son pot de départ, elle quitte le service mais, faute d'annuités suffisantes, devra continuer à travailler, plutôt dans un labo, aux prises de sang, ce sera moins éprouvant. Alors Claudine et Anita, sans doute fatiguées elles aussi, ont postulé, nouvelles conscrites du pavillon 4B.

Dans la salle de repos, devant un café au lait, Claudine, aide-soignante épaisse comme un moineau, se destinait à la thanatopraxie – j'ai toujours été fascinée par les morts, si je croise un accident au bord de la route c'est plus fort que moi je m'arrête pour voir si quelqu'un est mort, alors tout naturellement j'ai suivi une formation pour devenir thanatopracteur, j'ai appris à dire défunt plutôt que cadavre, j'ai commencé sur des fœtus, c'est fou on dirait des petits lapins, après on passe aux enfants, là il y a une première sélection, ceux qui ne tiennent pas le coup devant les enfants ils ne peuvent pas continuer. J'ai été formée à l'hôpital de la Pitié-Salpêtrière à Paris, la plus grande morgue d'Europe, je bouchais les trous des morts avec du coton cardé, j'ôtais les pacemakers avant les incinérations, on organisait le concours de celui qui habillait le mieux les cadavres, j'aimais ça mais j'ai raté l'épreuve de maquillage, alors finalement j'ai troqué les morts pour les fous et je me débrouille pas si mal, j'ai surtout un sixième sens pour les pervers sexuels et les suicidaires, j'en ai retrouvé plus d'un pendu dans sa chambre.

Face à Claudine, soufflant sur son chocolat chaud, Anita, 70 ans, cheveux ras aubergine, fait plus d'une heure de route pour venir à l'hôpital, est payée 12 euros de l'heure comme une infirmière débutante alors qu'elle exerce depuis quarante-deux ans – chez les vacataires l'ancienneté ne compte pas. Je suis retraitée mais je dois continuer à travailler pour payer le loyer de ma maison, 1 000 euros par mois, je n'ai jamais réussi à devenir propriétaire, j'ai une retraite de 1 600 euros, mon mari plus jeune est au chômage alors voilà. Anita a appris à se servir du logiciel de remplacement infirmier, la bourse aux intérimaires Whoog, on débarque parfois pour une journée seulement, il faut se faire à l'idée qu'on n'est pas titulaire de son poste, seulement de son diplôme. Anita accepte toutes les tranches horaires, 6 h 45-14 h 20, 13 h 30-21 h 15, 21 h-7 h ; un jeune infirmier de l'équipe renfort lui conseille de faire les nuits à l'UMD, c'est mieux payé.

Anita a tout connu, les stages en cancéro et les Ehpad – et comme la majorité des infirmiers qui choisissent la psychiatrie se morfondait en somatique –, l'époque des dortoirs et des services par pathologies, des transmissions papier et des uniformes. Si elle ne regrette pas le temps carcéral de la psychiatrie, Anita ne se réjouit pas de toutes les évolutions, remarque que depuis que les patients sont en chambre individuelle certains se replient, s'isolent, peu incités à en sortir, à provoquer des rencontres informelles dans les couloirs ; elle déplore l'utilisation du logiciel de transmission Sillage – on se parle beaucoup moins –, juge parfois difficile et anxiogène de mélanger dans un même pavillon les sthéniques, les sociopathes et les grands-mères dépressives virées de la maison de retraite, considère que ce n'est pas tant l'application de protocoles par les infirmiers qui fait la qualité du soin mais plutôt la diversité des tempéraments – vous embauchez une infirmière qui a le sens de l'humour, une autre plus carrée, rigide même, un calme et diplomate, une autoritaire frontale, un paternaliste, une mère de substitution, vous mélangez tout ça et vous obtenez un bon service efficace et polyvalent. Le caractère plutôt que le diplôme, ça devrait être le premier critère d'embauche.

La conversation est interrompue par Adel qui cogne à la vitre de la salle de repos et se fout de savoir si c'est l'heure réglementaire de leur pause.

Adel impressionne ; ses rires sont comme des pleurs et inversement, de telle sorte qu'on ne saurait jamais dire s'il est gai ou triste. Diabétique, asthmatique, il souffre d'hallucinations, est convaincu que sa femme le persécute, cherche à l'empoisonner en mettant du shampoing dans sa nourriture. Adel parle à distance avec son père, envahi par les injonctions paternelles qu'il restitue d'une écriture ronde et dansante – et cela le soulage, comme une désactivation de la voix du père.

Parfois ce n'est plus le père qui parle à Adel mais une voix anonyme bien que familière qui alterne murmures et cris, et alors Adel dessine sous sa dictée magique, au crayon noir, une écriture pulsionnelle, ininterrompue. Sur la page c'est une seule ligne fine et altière qui zigzague, enchaîne mots et dessins dans un mouvement continu, des motifs végétaux, feuilles nervurées, étoiles de mer et pétales, des visages de profil, des silhouettes et des phrases divagantes – papa trou rare par là-bas –, qui errent sur la feuille – roule boule des claques –, les mots et les fleurs éclosent ensemble, le visage d'Adel s'éclaire.

Adel frappe plus fort contre la vitre, il veut parler, il veut une feuille et un stylo. On fait d'abord mine de ne pas le voir, on baisse la tête, on finit par se lever en soupirant, tant pis pour la pause et le café qui va refroidir.

Le lendemain Adel profitera d'une sortie dans le parc pour fuguer, échappant à la vigilance d'un infirmier qui n'a pas d'yeux derrière la tête ni quatre bras. Quelques heures plus tard, rentrant chez moi, je le verrai divaguer sur un quai de gare, hésiterai à l'aborder, finalement non.

Calamity Jane

Jessica est la star du pavillon 4B – mascotte des uns, âme damnée des autres –, on ne compte plus ses séjours – à sa première hospitalisation elle a 13 ans, aujourd'hui 29 –, elle monopolise l'attention, attire tous les regards, de désapprobation ou de compassion, a épuisé des cohortes de soignants, fréquenté tous les services, toutes les structures, foyers, cliniques, maison de repos, appartements thérapeutiques, multiplié les coups d'éclat, et sa réputation est faite bien au-delà de l'enceinte de l'hôpital – quel flic, quel pompier, quel urgentiste, quel psychiatre, quel assistant social de la ville ne connaît pas Jessica ?

De Jessica tous s'accordent à dire que c'est un cas. C'est d'abord une vie fracassée. Mère abusive, père mort, compagnons violents, frère suicidé sur sa moto lancée à pleine vitesse contre un arbre une nuit de déluge, après l'avoir violée pendant des années. Jessica, ses cils de biche sur un visage rond et plein, son corps massif, ses Nike taille 43, ses survêtements bouffants, son blouson de motard siglé Honda, son gros bonnet enfoncé jusqu'aux yeux, ses tresses africaines un jour, blonde peroxydée le lendemain, sa bombe de laque dans la poche dont elle s'asperge en continu.

La première fois que je la vois, silhouette épaisse endormie sur un banc, elle porte dans le cou un patch dont j'apprendrai qu'il limite l'hypersalivation provoquée par les médicaments. On me dit qu'elle a un remède de cheval sans quoi elle casserait tout. Que l'hôpital est son nid d'oiseau ventru, son couffin de nourrisson jamais grandi. On me dit psychose, états limites, états primaires, pauvreté intellectuelle, infantile, violente. On me dit qu'elle a passé près de deux ans en UMD attachée sur un lit et qu'elle n'a pas pu assister à l'enterrement de son frère, qu'elle a arraché les fils électriques dans tout le service, brisé la vitre de sa chambre pour fumer, attaqué les infirmiers avec un extincteur, mordu au visage nombre de soignants.

En réalité, seules Maria, avec qui elle aime chanter *Je t'aime* de Lara Fabian, et la sainte Adrienne ont encore suffisamment d'empathie, d'amour peut-être – mais peut-on imaginer la psychiatrie sans amour car sans amour ni lumière ni salut –, pour encaisser l'éreintante compagnie de Jessica – agitée, instable, harcelante, cyclothymique, interrompant toutes les conversations, poreuse à la moindre contrariété, capable de crises clastiques phénoménales.

Je n'avais pas compris tout de suite le mot d'esprit de Catherine, incitant la psychiatre à envoyer Jessica dans le bus du jus d'orange – j'appris plus tard que Catherine faisait allusion à l'euthanasie telle qu'on la pratique en Suisse, sans doute le produit fatal est-il mélangé à un verre de jus d'orange. À propos de patients récalcitrants ou désespérants j'entendrai plusieurs fois cette histoire de bus du jus d'orange ; le bus de l'électricité conduisant à la sismographie.

Selon Barnabé, qui l'a affectueusement rebaptisée Calamity Jane, la seule manière de stabiliser Jessica est de la placer en famille d'accueil, mais rares sont celles qui acceptent de s'occuper d'adultes psychiatrisés. Qui plus est une famille dans laquelle elle serait l'enfant unique, choyée, noyée d'amour, objet exclusif et permanent de toutes les attentions. Barnabé est catégorique, hors cette configuration, point d'avenir.

Aujourd'hui Jessica est sombre, tendue, refuse de déjeuner, de prendre ses médicaments, tire comme une asthmatique sur sa vaporette, gueule dans les couloirs au prétexte qu'on lui refuse un lit médicalisé pour dormir surélevée et ne pas s'étouffer, dit qu'elle n'en peut plus d'être surveillée jour et nuit. Une infirmière la piste dans tout le pavillon – elle est où Jessica ? Faut que je la pique. Sous Leponex, un traitement qui exige une surveillance du taux de globules blancs, Jessica doit se soumettre à des prises de sang régulières et ce matin entend s'y soustraire.

À la vue d'Adrienne qui vient tout juste de prendre son service – legging camouflage, baskets et t-shirt assortis –, Jessica s'arrête net, foudroyée, éclate en sanglots, se précipite dans les bras de l'ASH. Adrienne lui caresse la tête, connaît Jessica par cœur, depuis qu'elle a 17 ans, la berce, la calme en quelques minutes seulement, puis Jessica mange, avale ses cachets, se laisse piquer, mais envoie paître Adrienne quand elle lui suggère de se laisser pousser les cheveux et de se débarrasser de ses joggings informes – t'as pas envie d'être plus féminine Jessica ? ça te ferait du bien.

Mange tes morts Adrienne !

Jessica a plutôt l'intention de se tatouer une tête de mort sur la main, son nom et celui de son frère violeur sur le bras, et de s'acheter une trottinette électrique, ou peut-être un scooter – elle en avait un mais son ex l'a revendu pour s'acheter du shit. Avec le petit héritage de son père et les indemnités liées au procès pour viol Jessica m'assure disposer d'une rente confortable.

Au cours de l'année passée au pavillon 4B je verrai Jessica partir et revenir une dizaine de fois, à chaque fois blessée – une minerve, une attelle au poignet, un bras dans le plâtre, un pansement sur l'arcade sourcilière, sa singularité résidant dans le mode opératoire utilisé pour être sans cesse réadmise. Car Jessica ne veut pas quitter l'hôpital, c'est chez elle, et tous les moyens sont bons pour qu'on l'y ramène.

La première fois, son compagnon, Sam, rencontré à l'hôpital, interné lui aussi, l'avait frappée puis appelé les pompiers au prétexte qu'elle faisait une crise de démence. La deuxième fois elle avait le pied dans le plâtre après avoir couru, et chuté, derrière un bus. La troisième fois elle s'était plantée devant le commissariat, avait menacé les flics en vociférant jusqu'à ce qu'ils la plaquent au sol – Jessica m'avait raconté avec délectation comment elle avait été menottée et emmenée aux urgences. La quatrième fois elle avait mélangé en quantités déraisonnables alcool et antipsychotiques et une fois encore atterri à l'hôpital pour une crise d'épilepsie. Cette crise-là était bien réelle mais souvent elle les simule avec talent – même les pompiers s'y sont fait prendre une ou deux fois.

La dernière fois que je l'ai vue, elle avait tenté de vivre quelque temps dans une chambre d'hôtel, et m'avait détaillé les tarifs compétitifs de la laverie automatique en bas – Jessica aime passer ses journées au Lavorama, dans les odeurs d'adoucissant à la lavande, le ronronnement des séchoirs, la lumière crue des néons, une sociabilité placide ; au Lavorama le temps s'étire, on n'y est jamais pressé, on divague hypnotisé par les hublots des machines géantes, la rotation sans fin du linge. Jessica s'y sent bien, abritée, y retrouve les habitués, frères esseulés et sœurs désœuvrées, y fait un peu de troc, et parfois crochète la serrure du distributeur de lessive.

À son retour au pavillon 4B elle s'appuyait sur une béquille, sa main était plâtrée – je me suis pété les ligaments du poignet en cognant Sam. On s'est battus mais c'est de ma faute, je lui ai piqué un paquet de clopes du coup il m'a mis un couteau sous la gorge et moi mon poing dans la gueule, puis j'ai menacé de sauter du quatrième étage alors il a appelé les flics et me voilà de retour.

Au pavillon 4B tous connaissent également Sam, compagnon erratique mais de longue date, et tous se désolent de cet attelage calamiteux et violent. Seul Miguel voit les choses différemment, considérant qu'au moins ces deux-là s'aiment, se soutiennent, Sam rendant toujours visite à Jessica quand elle est hospitalisée – ils se foutent sur la tronche d'accord mais il l'empêche aussi de boire et de se droguer, la plupart du temps ils sont juste assis sur un banc à manger des chips et fumer des clopes, et contents comme ça.

Selon Miguel, si hors de l'hôpital on ne saurait transiger, tolérer aucune humiliation ni cruauté, en psychiatrie l'amour doit s'accommoder.

Dedans, dehors

Les anciens mettent toujours en garde les nouveaux venus : ici, plus tu restes moins t'as envie de sortir. Si t'es en psychiatrie depuis longtemps, à vivre toujours la même rengaine, les mêmes journées en boucle – lever, douche, café, clope, mettre le couvert, Scrabble, promenade, clope encore, extinction des feux – sans aucune brèche dans la cadence, tu te fossilises, tu t'anesthésies. Parce qu'au début l'HP on ne supporte pas puis on s'habitue et on finit par aimer ça, par oublier qu'une autre vie est possible. Et on ne se sent plus la force de sortir.

Il se dit qu'au bout de cinq ans d'hospitalisation la rupture avec la société est consommée. On parle alors de chronicisation. Jessica est une patiente chronique, Robert l'est davantage, dépendant pour toujours, dissous dans l'asile, avalé tout entier, définitivement fou, soustrait au monde, neutralisé. On a renoncé, on a pris acte de l'échec de tous les traitements, on a remplacé la médecine par l'assistance, une forme de charité. Pour Robert la chronicisation n'est plus un problème mais un état, un destin. Pour Jessica c'est différent, les soignants espèrent encore, espèrent surtout s'en débarrasser.

Barnabé, Catherine, Adrienne, Sarah et les autres, tous m'ont décrit Jessica comme la patiente chronique par excellence, qui considère que sa place est à l'hôpital plutôt que chez elle, sa vie dedans plutôt que dehors, que le monde extérieur offre bien moins de satisfactions et de prestations que les services psychiatriques – tout en niant ces satisfactions afin de conserver son statut de victime révoltée.

Catherine me raconte comment Jessica s'arrange toujours pour faire des histoires dès que sa sortie est annoncée – il suffit d'un éclat de violence pour que le séjour soit prolongé –, pour revenir sous n'importe quel prétexte, chercher un peu d'attention, retrouver tout ce qui lui est si familier depuis seize ans qu'elle vit ici par intermittence. Le pavillon 4B est sa maison, son corps en a imprimé chaque recoin, il se déplace à l'aveugle, à l'instinct, reconnaît chaque variation de couleur et de température, de la salle de soins à la chambre d'isolement c'est chez elle, son être tout entier a pris la forme des lieux, ils ne font plus qu'un, Jessica s'est fondue dans le paysage hospitalier, sa peau a maintenant la carnation blanc d'œuf des murs, l'odeur de l'éther.

Voilà peut-être pourquoi l'hôpital est si triste. Pour donner l'envie de fuir. Catherine, qui pourtant regrette le temps des sorties en forêt et au cinéma, veille à ce que les internés ne trouvent pas l'endroit trop hospitalier, trop agréable – l'hôpital n'est pas un lieu de vie, ne doit surtout pas le devenir, c'est pourquoi il n'y a ni croissants ni oranges pressées au petit déjeuner, mais de la bouffe en barquette, c'est pourquoi il ne faut pas leur proposer trop d'activités, d'occupations plaisantes, sinon ils s'installent. Jessica, comme les autres, n'a vocation à faire que passer. Elle croit que c'est chez elle, c'est bien la preuve qu'elle n'a rien à faire ici.

Catherine relève que le service accueille de plus en plus de malades qui restent de plus en plus longtemps, pas tant, précise-t-elle, pour des problèmes médicaux que sociaux, et comme on manque de structures de soins en ville, les patients sédimentent dans les murs de l'hôpital.

Pourtant, au début des années 70, alors que la sectorisation se développe – on ferme des lits et on déploie des relais extra-hospitaliers pour assurer la continuité des soins au-dehors –, il s'agissait bien, sans doute autant par souci financier qu'humaniste, de réintroduire les fous dans la vie, dans la ville, d'abattre les murs des asiles, de nous mélanger car – comme le disait le psychiatre Lucien Bonnafé – il était urgent de rendre la folie à la société, d'utiliser à bon escient le potentiel soignant contenu dans le peuple.

Si Jessica revient sans cesse c'est aussi parce que les centres médico-sociaux manquent de places et de moyens, parce que les soins ambulatoires à domicile sont insuffisants, les centres d'accueil thérapeutique à temps partiel mal dotés, peu accueillants. Si le centre où Jessica se rendait deux fois par semaine proposait des séances de relaxation, des cours de musique et de cuisine, des groupes de parole, une salle de sport et une bibliothèque, si elle pouvait retrouver chaque semaine les mêmes visages, les mêmes timbres de voix plutôt que des intérimaires anonymes, peut-être ne serait-elle plus revenue au pavillon 4B sanglée dans un camion de pompiers, perfusée de calmants, sirène hurlante.

Ou peut-être que si Jessica revient sans cesse, se réfugie à l'hôpital, organise son repli, c'est que la vie sociale au-dehors est une illusion, la liberté un artifice, qu'un psychotique dans la ville trouve rarement sa place. Qui voudra lui donner du travail, s'asseoir à côté d'elle dans le métro si elle manifeste des signes suspects d'agitation ou d'anxiété ? Il n'y a plus grand-chose pour les fous au-dehors, on les regarde de travers, les non-fous aussi ont parfois de l'instinct, ils les repèrent, sentent l'atmosphère qui se modifie légèrement en leur présence, une aura étrange, une électricité inhabituelle, et ça ne leur dit rien qui vaille, ça leur dit connais pas, on ne sait jamais. Leur faudrait-il alors des lieux à eux, protégés, où personne ne s'inquiète qu'ils soient fous ? Ceux qui sortent de l'hôpital sont ceux dont la souffrance s'est un peu tarie, stabilisée, mais une autre peine les attend dehors, celle de la relégation sociale.

La sectorisation, le soin en ville, des choix thérapeutiques qu'on imagine moins barbares, ont parfois des effets nuisibles insoupçonnés. Parfois on interne abusivement, parfois on externe tout aussi abusivement. Être lâché dans la ville après dix ans d'enfermement peut susciter de grandes terreurs. Se retrouver seul dans un appartement quand on a construit sa vie sociale et affective à l'hôpital donne régulièrement des envies de défenestration. Et mener une vie collective en appartement thérapeutique n'est pas toujours une meilleure option. On peut aimer la compagnie, on peut aussi étouffer, asphyxié par la promiscuité, une communauté subie, semblable à celle de l'hôpital.

Ainsi, seul ou à plusieurs, l'isolement finit souvent par s'imposer, les nuits blanches à fumer clope sur clope. Dans la cité sans travail et sans amis, on sait bien à quelle violence et à quel sentiment d'abandon cela expose. On sait bien que la réinsertion sociale à tout prix est un leurre auquel s'arriment les soignants pour ne pas désespérer de leur mission. Qu'ils la désirent sans doute bien davantage que les patients eux-mêmes. Certains n'en demandent pas tant, n'en veulent surtout pas, d'un métier, d'une famille ; ils ne se sont pas faits fous pour rien.

La vie sociale

Parfois guérison et stabilisation sociale se confondent, guérir c'est remettre de la société en soi, des morceaux du moins, un morceau de travail, un morceau de famille, un morceau de couple, c'est replacer son corps malingre de schizo dans le grand et vigoureux corps social, et Jessica l'a bien compris qui ne cesse d'apporter les preuves de sa désinsertion, de sa désintégration, pour être de nouveau hospitalisée. Elle sait que les patients soignés en ambulatoire sont en liberté conditionnelle, qu'au moindre dérapage ils rempilent, alors elle est prête à se déculotter devant le commissariat pour être reconduite à la maison, la vraie.

Stéphanie, une ancienne consœur de Jessica au pavillon 4B, a retrouvé son appartement après deux mois d'internement pour des troubles bipolaires, et le goût de vivre dans une certaine paresse à domicile, bien qu'elle ait repris son activité de comptable à mi-temps. Tous les vendredis une éducatrice spécialisée lui rend visite pour s'assurer que tout va bien, que la vie et les traitements suivent leur cours, accomplir quelques démarches administratives, et surveiller. Le vendredi, jour chômé, Stéphanie aimerait profiter de l'absence de ses enfants pour rester en jogging, manger des biscuits en laissant le paquet vide sur la table, ne pas se coiffer, s'abandonner à l'oisiveté mère de tous les vices, l'oisiveté qui pourtant soigne. Mais elle sait que le moindre signe de relâchement sera interprété comme un symptôme, la preuve d'une régression, voire d'une rechute. Elle sait qu'une patiente qui est censée aller mieux mais qui ne veut rien faire de sa journée est immédiatement suspecte. Le travail c'est la santé – tout comme bien tenir son intérieur, être une bonne mère de famille, porter des vêtements propres. La santé mentale c'est jouer le jeu de la vie en société, alors Stéphanie joue le temps d'une visite, obtempère, passe la balayette pour faire disparaître les miettes, et un peu de blush sur les pommettes.

Ça veut dire quoi aller mieux ? demande Stéphanie. Être à l'heure au boulot, aux rendez-vous au CMP ? Avoir été purgé de tous les symptômes visibles et bruyants pour se présenter à nouveau devant ses enfants, son mari, son employeur, tous ceux qui nous possèdent. C'est bien ça, a compris Stéphanie, être présentable. Et se remettre au travail pour ne plus vivre aux crochets de la société. Se remettre à fonctionner.

Quelques mois auparavant Stéphanie a explosé, le monde ne lui convenait plus alors elle l'a enfoui sous son délire, des crises de rire immotivées, une excitation incontrôlable. On l'a soignée afin que non pas elle mais le monde retrouve sa place. Mais Stéphanie aimerait tant que l'éducatrice spécialisée lui donne le droit d'abandonner ses enfants et de paresser en pyjama, lui demande quelle vie elle aimerait vivre – peut-être nue dans les arbres.

L'éducatrice spécialisée ne l'interrogera pas sur la teneur de ses rêves mais lui apprendra plutôt qu'en qualité de handicapée elle peut déposer un dossier à la MDPH, la maison départementale des personnes handicapées, et recevoir une aide. Mais pour rien au monde, plutôt crever que laisser les autres évaluer l'écart entre ce que la société attend de moi et ce que je suis capable de faire toute seule – puisque c'est la définition officielle du handicap, et que depuis une loi de 2005 les troubles psychiques ont été officiellement introduits dans le champ du handicap.

Handicapée cette jeune femme qui a le sentiment de porter une dizaine d'enfants dans son ventre, épuisée par leurs mouvements incessants – l'un fait du tricycle, l'autre tape sur un tambourin, un troisième pleure en continu. Handicapé cet homme qui sent son cuir chevelu se déformer, qui s'ouvre le crâne contre un radiateur à bout d'angoisse. Ce jeune cocaïnomane aux aventures amoureuses télépathiques qui affirme s'être engendré lui-même après avoir été victime d'un viol mental, et dont les empreintes digitales ne cessent de se reformer. Ce psychotique qui s'est transformé temporairement en femme afin de la cloner puis de la rencontrer en tant qu'homme. Celle qui voit des gouttes de sang suinter du mur de sa chambre. Celui qui ne peut plus écouter sa radio depuis qu'elle est habitée par des Lilliputiens qui hurlent de douleur quand il l'allume, leurs minuscules tympans déchirés par les ondes. Cette adolescente qui sent des serpents onduler dans sa tête. Cet homme persuadé qu'il est sur le point d'accoucher et réclame une sage-femme. Celle qui a des ailes à la place des bras. Celui qui s'est réincarné en tigre, bondit sur les infirmiers, se pend à ses draps. Et tous ces désespérés qui avancent comme entravés par des boulets de fonte à chaque pied, leurs yeux si vides qu'ils semblent crevés.

À l'hôpital on tâche de contenir la marée noire de leur folie puis de leur réapprendre à vivre, vivre étant entendu comme dormir à heures fixes, acheter une baguette à la boulangerie, saluer la boulangère, se faire cuire des pâtes, prendre le métro, patienter, se laver, se couper les ongles, faire ses comptes et le ménage. Vivre étant entendu comme normal. Normal étant entendu comme adapté aux situations.

Selon les infirmiers, il s'agit bien de les rétablir dans une règle, de les réhabituer aux compromis, de leur apprendre à tolérer la frustration, l'existence des autres et la queue au supermarché. Il s'agit de mettre des limites, des limites à la folie, mais où les faire passer ? Est-ce qu'on pourrait par exemple danser plutôt que marcher dans la rue ? Supprimer la limite urbaine entre danser et marcher ?

Catherine l'infirmière reconnaît qu'en psychiatrie, comme en toute spécialité médicale, les normes, les seuils acceptables, les moyennes évoluent, celles de la folie comme celles du cholestérol. Aujourd'hui, devant une crise clastique on envoie le patient en chambre d'isolement quand autrefois un simple rappel à l'ordre suffisait – savoir ce qui est tolérable ou non dépend aussi des effectifs, des moments et des gens, ce pourquoi Jessica est plus ou moins folle en fonction des effectifs, des moments et des gens.

En attendant la révolution du normal et du pathologique et l'abolition des convenances sociales, on tâche donc de réinsérer Jessica et les autres, de leur apprendre à circuler dans la ville de manière discrète et fluide, sans à-coups ni éclats sonores. Pour ce faire, des sorties au centre commercial sont régulièrement organisées, shoots de vie aux effets passagers, deux ou trois heures pour dépenser le maigre argent, qu'on obtient à force de démarches fastidieuses, pour se croire membre de la communauté, celle qui grouille au-dehors et exclut tout corps étranger, qui s'écartera discrètement au passage de Robert.

Autrefois les internés avaient droit à une ration de clopes et un petit pécule, depuis la loi Chirac de 2005 les plus modestes et les plus malades peuvent toucher l'AAH, allocation adultes handicapés, récemment revalorisée à 900 euros par mois, ce qui permet à

Robert d'envisager autre chose que la claustration entre les murs de cet hôpital, d'envisager, sur autorisation et prescription médicale, une virée chez Decathlon, un chocolat chaud chez Pomme de pain. Ces 900 euros sont l'unique liberté, la pleine expression de sa volonté quand il ne possède pas grand-chose, même pas sa maladie, car ici tous savent mieux que lui les subtilités de la pathologie, ce qu'il est bon et juste de faire, ce qui est bien pour lui – et crier et frapper n'en font malheureusement pas partie.

Aujourd'hui, c'est jour de courses, jour de fête, Robert me tend fébrile un minuscule porte-monnaie de cuir élimé : il veut que je compte ses sous, que je compte et recompte, les pièces jaunes et les billets pliés en six – je les déplie et replie trois ou quatre fois sous sa surveillance inquiète, il me dit 500 euros quand je compte 123.

Il a établi une liste, de son écriture tragique, ses mots qui tremblent et chutent sur la page, la pointe du Bic noir appuyée si fort qu'elle a transpercé la feuille, une liste précise, consciencieuse, sans doute trop longue : pantalon militaire, veste militaire, huit slips, trois paires de chaussettes de sport, Coca, biscuits, jogging Adidas, baskets blanches à scratch, pantalons en plusieurs couleurs, chemises, chemisettes.

Barnabé et une infirmière installent Robert et Asia, jeune patiente soupçonnée de schizophrénie, dans une voiture de service ; le centre commercial est à sept kilomètres. Dans les allées du centre les quatre se tiennent la main, alors que je marche à l'écart, Robert attire puis dévie les regards, sa silhouette désarticulée, ses grognements, son casque de boxeur, Barnabé entre avec lui dans les cabines d'essayage pour l'aider à s'habiller tandis qu'Asia a voulu voir le rayon maquillage avec l'infirmière, vaguement gênée – c'est pas pour acheter vous savez, c'est juste que je veux voir des jolies choses. Asia admire longuement les rouges à lèvres satinés et lisses, passe le doigt sur les blushs nacrés de rose, apprécie la finesse de la poudre, le soyeux des fards, l'onctuosité des fonds de teint, déambule lentement entre les présentoirs, caresse les emballages chromés, s'extasie devant les couleurs vives et les noirs profonds des mascaras. L'infirmière la voyant de plus en plus émue se souvient qu'un psychiatre avait attiré son attention sur la distinction entre le joli et le beau : le joli est rassurant pour les patients, mais le beau, le sublime peuvent parfois réveiller la souffrance, raviver des angoisses. Elle n'avait pas compris le sens de cette découpe – en psychiatrie, le joli réconforte, le beau est anxiogène –, ne voyait pas où faire passer a priori la limite. Est-ce à dire qu'on décrétera désormais beau ce qui terrifie un psychotique ? Et ce maquillage, est-il beau ou seulement joli ? L'infirmière tâche de lire sur le visage d'Asia l'intensité et la nature exacte de ses émotions, afin de trancher, et avant qu'il ne soit trop tard, avant que la jeune fille ne fasse une crise d'anxiété devant tant de beauté, dans ce magasin éclairé de spots aveuglants et assourdi de musique pop.

Toutes les agitations s'apaiseront bientôt autour d'un goûter à la pâtisserie du centre commercial puis il sera l'heure cruelle de rentrer, Robert le reclus épuisé par cette sortie à l'air libre comme par une randonnée en haute montagne, et Asia pensive.

Le lendemain je retrouve Robert débarrassé de son survêtement psychiatrique, vêtu d'un pantalon de toile noire et d'une chemise bleue à motifs, une bouteille de parfum – cologne vétiver – qu'il gardera désormais en permanence dans sa poche, l'utilisant très parcimonieusement comme un élixir rare, parfois une goutte derrière l'oreille, Robert et sa joie sans mélange, son courage de vivre, sa volonté, vouloir encore être beau malgré la mort qui rôde – elle porte le masque du trouble mental mais Robert n'est pas dupe, la destruction est proche.

Ensemble la folie et la mort

Ils sont nombreux ici à ne pas vouloir mourir, soupçonnant qu'on cherche à se débarrasser d'eux – trop vieux, trop fous –, prêts à entrer en guerre. Thérèse est de ceux-là. Grande femme massive de 82 ans, une tête de bonhomme, une expression effrayée, des cheveux courts et une minuscule natte grise qui orne sa nuque. Elle vivait en hôtel meublé avec son mari handicapé. Le jour où il a fait un AVC et a été hospitalisé, Thérèse a sombré, n'étant plus requise par les soins, les courses et le ménage scrupuleux de leur petite chambre ; elle a cessé de s'habiller, de se nourrir, s'est contentée de boire du vin en cubi. Ses deux fils, schizophrènes mais néanmoins inquiets, ont conduit Thérèse aux urgences, et les urgences au pavillon 4B. Deux jours plus tard les fils sont là pour s'enquérir de la matriarche. Ils sont accueillis comme de vieilles connaissances, ayant eux-mêmes passé quelques mois ici avant de s'installer en appartement thérapeutique. Jessica leur tombe dans les bras, Barnabé demande des nouvelles de leur dossier de curatelle, ils serrent les mains comme en campagne électorale, ne serait-ce leur allure louche et leur air doux, leurs bonnets, parkas encrassées et barbes assorties, l'un borgne et l'autre qui bégaie. Ils ont apporté une cartouche de cigarettes, exigent qu'on écrive immédiatement le nom de leur mère sur le paquet, l'appellent dans les couloirs – maman, maman –, lui tiennent la main et la couvrent de tendresse, demandent un entretien avec Sarah qui les éconduit délicatement – votre mère est là pour retrouver des forces, pas plus.

Mais Thérèse a le repos fébrile, se dit peut-être que se reposer c'est mourir un peu et va user les soignants jusqu'à la corde. Après quelques jours à somnoler abrutie de médicaments, elle retrouve sa capacité de nuisance. À l'heure de la sieste elle demande que sa porte reste ouverte et hurle en continu depuis son lit. Aujourd'hui elle appelle Adrienne en boucle, d'une voix d'ogresse, Adrienne, Adrienne, Adrienne, Adrienne, viens, viens, viens, j'ai fait caca.

Adrienne a crié à son tour un vague oui depuis la salle de repos à l'autre bout du couloir – l'heure de la sieste est son seul moment de répit, elle laisse gueuler, tient bon, ne se lève pas, tant pis pour les autres patients qui endurent les vociférations de Thérèse.

Le lendemain c'est une autre litanie sonore, j'ai faim, j'ai faim, j'ai faim, je veux du pain de mie, je veux du pain de mie, je veux du pain de mie, je veux m'en aller, c'est bon le jus de pêche, je veux boire un coup, je veux manger, j'ai soif, je veux de l'eau, de l'eau, de l'eau – mais Thérèse ne boit pas quand on lui tend un verre –, je veux faire pipi, pipi, pipi, pipi. Rien ne peut tarir ce flot et certainement pas la réponse d'une aide-soignante – vous avez une couche – qui ne fait que relancer sa logorrhée.

Les repas sont particulièrement délicats, Thérèse y manifeste toute sa colère, regard fixe, air mauvais, engoncée dans les deux blouses à fleurs qu'elle a pris l'habitude de superposer ; quand on l'installe à table elle jette la vaisselle à travers la pièce, se lève et se rassoit sans fin, pousse d'étranges cris plaintifs et aigus, alors même que son corps et ses traits restent figés ; seule sa bouche s'ouvre mécaniquement comme celle d'un automate, sans affecter l'expression de son visage.

Plus tard Thérèse est allongée à même le sol de la salle commune et cette fois gémit, donnez-moi la main, la main, la main, la main ; autour d'elle les soignants vaquent, débarrassent les tables, lui font remarquer qu'elle peut se relever toute seule, Robert tente maladroitement de l'aider et renonce, puis la pièce se vide, Thérèse est seule, s'endort bientôt sur le carrelage, le silence revient.

Avec le temps Thérèse se rapproche d'une autre patiente, son opposée, une vieille femme de 90 ans, silencieuse et résignée, qu'elle aimerait arracher au désespoir – le jour où mon mari est mort la folie est venue, j'ai perdu mon moi et personne ne pourra m'aider à le retrouver. Elle raconte à Thérèse qu'à l'âge de 18 ans elle a dû avorter clandestinement : je suis certaine que j'aurais eu un fils, il aurait été gentil, il m'aurait prise avec lui et j'aurais pas fini à l'asile.

Parfois l'angoisse est si grande qu'elle se met elle aussi à crier : je penche ! je penche ! Quand elle passe dans les couloirs en haletant de terreur, tous sont envahis par son anxiété, les patients comme les infirmiers. Seule Thérèse, qui n'entend pas crever tout de suite, semble étanche à ses tourments, lui attrape la main, la secoue, mais en réalité cette femme veut mourir et ça n'est pas négociable. C'est pourquoi la maison de retraite où elle vivait l'a abandonnée un matin devant l'hôpital psychiatrique, jetée sur le trottoir, à peine vêtue, en couche, une valise à ses pieds. Les infirmiers disent que cela arrive parfois, surtout à Noël et pendant les vacances d'été, des familles ou des maisons de retraite qui se débarrassent de leurs fous sans prévenir, les déposent aux grilles de l'hôpital aux premières heures.

À l'Ehpad on ne voulait pas la laisser mourir, alors – croyait-elle ainsi les convaincre ? – elle frappait les autres résidents. Pour Barnabé ce sont des cas impossibles, qui épuisent les équipes : elle a 90 ans, elle veut mourir, on ne peut pas la regarder dépérir mais n'est-ce pas aussi barbare d'aller contre sa volonté ? Je pense qu'on va la transférer dans un service de gérontopsy, ça n'arrange personne qu'elle meure ici, on ne peut pas être sur tous les fronts, celui de la folie et celui de la mort.

La folie et la mort s'avancent pourtant ensemble, le fou la préfigure, l'anticipe, annonce la vanité et la précarité de toute chose, et c'est fort de ce savoir qu'il lui rit au nez, la méprise, car il en a vu d'autres, il connaît le vide au cœur de la vie, il n'a pas besoin d'attendre la fin pour en faire l'expérience. Cette fin qui, pour les fous, vient souvent bien vite.

Je vois les aides-soignantes tenter de croire le contraire en essayant de convaincre Robert d'arrêter de fumer. Pensent-elles vraiment œuvrer pour son bien, retarder la fin ? Lui qui mourra au pavillon 4B comme ses frères aînés, enterrés sur place, lui qui ne connaît que de menus et furtifs plaisirs, la cigarette en premier lieu. Et parfois Robert, en effet, arrête quelques jours, sans doute pour leur plaire, et pour avoir la paix.

Robert, comme nombre de fous, mourra prématurément. De multiples raisons à cela : l'enfermement, la sédentarité, une mauvaise hygiène de vie, les effets de la somatisation, la misère sociale, les psychotropes qui provoquent du diabète, de la dyslipidémie, une prise de poids, le sommeil déglingué, les tentatives de suicide. Le délire réduit l'espérance de vie, en moyenne de seize ans chez les hommes et treize ans chez les femmes, la mortalité des psychotiques est quatre fois supérieure à celle du reste de la population, ils souffrent davantage de maladies cardiovasculaires, d'hypertension artérielle et, d'une manière générale, négligent leur santé. L'esprit entraîne le corps dans sa chute, l'angoisse ralentit la course du sang dans les veines, le désamour de soi atteint les deux ventricules du cœur et tout leur être s'affaiblit.

C'est ainsi que la mort ne leur est pas étrangère, ils connaissent l'insensé et la désagrégation ; les fous côtoient ce double régime d'anéantissement, en eux tout s'effrite, le sens du monde et leurs organes.

Peut-être alors que la mort leur est différente, comme l'a été la vie, qu'ils sont moins surpris quand elle se présente. Le psychiatre Lucien Bonnafé raconte que pendant la Seconde Guerre mondiale il voyait des fous guérir au moment de mourir, ou peut-être mourir dans le but de guérir. Agonisant, ils s'exprimaient enfin avec clarté, retrouvaient la raison ; les mutiques, les prostrés et les aphasiques se mettaient à parler, les yeux ne roulaient plus, les bouches ne bavaient plus ni ne se tordaient, les gestes désordonnés cessaient, une parole lumineuse s'élevait alors au-dessus du lit et tout prenait sens, toute une existence se remettait en ordre au dernier instant.

Animal chimique

Pour lutter contre la peur, celle qui étreint sans prévenir, la peur d'être vivant, la peur d'être sa propre proie, Franck le contemplatif a trouvé les animaux. Quand il n'est pas à l'hôpital, ni chez sa mère, ni chez une fille, il est au zoo ; il s'y précipite à chaque permission, il y a trouvé demeure, parmi les grands singes et les félins, il y a trouvé protection et apaisement, matière à rêverie, à délires mystiques s'il a un peu fumé, il y a trouvé de quoi s'oublier et se fondre dans les bêtes, surtout quand les humains sont trop effrayants avec leurs mots d'ordre, leurs certificats médicaux et leurs seringues à injection retard. Quand il apparaît avec certitude à Franck qu'être humain n'est pas un avantage mais plutôt une malédiction, il ne reste plus qu'à fraterniser avec l'orang-outan de Bornéo, s'abîmer dans les reflets de son pelage roux, se dissoudre dans ses pupilles noires, s'enfuir agrippé à son large dos, écouter la musique de ses borborygmes, respirer l'humus de sa cage, le terreau que Franck aimerait tant se reconstituer, couche après couche, lentement déposées et sédimentées ; Franck qui se décrit comme une herbe folle arrachée à la va-vite, du chiendent à éradiquer – sous ses pieds c'est friable, c'est instable, de la mauvaise terre, sèche et caillouteuse.

Enfermé à l'hôpital, Franck admire son hérisson, lointain souvenir de la sauvagerie, dès qu'il retrouve le pavillon 4B il a la nostalgie des bêtes, la mélancolie des séparations. Et devant ce sentiment de perte, que Franck décrit lui-même comme un arrachement à sa famille de cœur, quelque chose s'impose, une proximité, une évidence. La chambre d'isolement d'un côté et la cellule, la cage de l'autre. Le même silence, l'exclusion, l'étrangeté, l'indéchiffrable, le lointain. L'ennui en commun, le dénuement en partage. La manipulation du vivant, les ailes éjointées des oiseaux pour qu'ils ne s'échappent pas.

Franck le loup-garou ne quitte jamais tout à fait l'animal, chacune de ses douleurs épousant la forme d'une bête – il me parle du hérisson, du chien, du serpent, et de la licorne et du dragon. Et parfois, quand le soleil se couche, que Franck est au plus mal, à se taper le front pour vérifier qu'il existe encore, à enfiler plusieurs couches de vêtements et une cagoule pour empêcher son corps de s'éparpiller, l'œil qui plafonne, la respiration qui siffle, signes annonciateurs de l'explosion, il prend la forme d'un oiseau nyctalope, peut-être pour ne pas crever de frayeur.

Dans la nuit on entendra Franck hululer. Une litanie, une mélopée sous la lune en carton qu'il a scotchée au-dessus de son lit, il hulule d'une voix aiguë, de longs gémissements, le loup-garou s'est métamorphosé en chouette, les yeux rouges sont devenus jaunes, les poils noirs épais et drus des plumes neigeuses, Franck divague, et ces errances, ces promenades nocturnes allègent peut-être les angoisses. Franck divaguant se déplace, fait circuler l'air et son corps, les paysages défilent, il trace des pistes. Une chouette perchée sur l'armature métallique du lit d'hôpital, présence merveilleuse et inquiétante dans la nuit psychiatrique, un rapace qui fait entendre sa plainte dans toutes les chambres, tous les couloirs du pavillon.

Si Franck vadrouille ainsi, pour apaiser ou ralentir la folle activité de son cerveau, c'est que son corps ne le peut dans l'espace réduit du service, qui ne permet de franchir aucune berge, de n'atteindre aucune rive. Voilà pourquoi le jour il fugue et la nuit il hulule, c'est qu'on ne saurait déambuler dans ces lieux étroits, on bute, on se cogne, on tourne en rond, les seuls trajets possibles ramènent au point de départ – et pourtant comment desserrer un peu l'étau si on met Franck à l'arrêt, si on le prive de son droit au vagabondage.

Puis les hululements cessent avec le lever du jour, la lumière matinale redonne forme humaine à Franck, les serres redeviennent des mains, lâchent le rebord froid du lit, il glisse épuisé sous la couverture, s'entortille dans les draps, somnole, bercé par les bruits extérieurs, sirènes lointaines, moteurs ralentis dans l'enceinte de l'hôpital, et plus près les sons du pavillon qui s'éveille, tout ce que l'on entend du fond de son lit, ces tonalités si caractéristiques de l'internement – des pas dans le couloir, l'incessant cliquetis des clés dans les serrures, les chariots de ménage des agents hospitaliers qui grincent, le plaintif, le gueulard, celui qui cogne dans les portes, les radiateurs, les murs, et toute cette fureur, toute cette peine étouffées, à bas bruit, chuchotées parce qu'on est à l'hôpital et qu'à l'hôpital on ne hausse pas la voix, on se contient, on se calme, on est là pour ça. À l'hôpital les voix sont posées, sereines, la voix de la raison doit avoir le dernier mot.

Pourtant, malgré ces bruits continus, une forme de silence règne dans les couloirs, comme un ralentissement, une décélération générale de la vie, les bouches s'ouvrent lentement, les mots se forment sur le palais, passent à peine les lèvres engourdies, coulent sur les mentons, roulent au sol avant qu'on n'ait pu les intercepter. Parfois je me laisse contaminer par cette torpeur, et je sens alors dans l'air comme une douceur, ouateuse, enveloppante.

L'ambiance n'a pas toujours été aussi apathique à l'hôpital, et les patients aussi dociles. Avant la découverte des neuroleptiques au début des années cinquante, ça hurlait en continu, et puis on a inventé de nouveaux médicaments, révolutionnaires, on a fabriqué du silence chimique, mis les cerveaux affolés sous cloche, et les fous, sédatés, déconnectés, domptés, se sont finalement tus. Aujourd'hui, ce silence est parfois aussi insupportable que l'étaient les cris.

Avant l'invention des neuroleptiques, Franck aurait sans doute hululé chaque nuit, et plus sûrement hurlé à la lune. On l'aurait soigné avec du vitriol mélangé au quinquina, du camphre, du musc, de la teinture de digitale, de l'opium et du haschich, de la valériane médicinale, de la poudre de pattes d'écrevisse, on lui aurait cautérisé le crâne, on lui aurait imposé des cures de sommeil et la camisole de force, frictionné la tête préalablement rasée avec du vinaigre, on l'aurait saigné pour le vider de ses humeurs sombres, appliqué des sangsues sur l'anus et derrière les oreilles, des vésicatoires sur les jambes et des sétons sur la nuque, on l'aurait fait dégorger jusqu'au malaise, on l'aurait purgé, électrocuté, lobotomisé, on l'aurait choqué au cardiazol, à la fièvre paludéenne, au bromure, au chloral, aux barbituriques, à l'apomorphine, à l'hyoscine qui fait vomir jusqu'à épuisement, on l'aurait plongé dans le coma en lui injectant de l'insuline, on lui aurait piqué la cuisse à la térébenthine pour que se forme un abcès douloureux et qu'apparaisse une forte fièvre, et on aurait ainsi transformé un agité en malade gémissant et soumis, réclamant des soins.

Et si Franck avait été une femme les traitements en auraient été plus durs encore, car elles ont le vice dans le sang, leur sexe les a faites folles. Pour éradiquer toute démence hormonale, on lui aurait ablaté le clitoris, l'utérus ou les ovaires, ou peut-être posé une plaque de métal entre les cuisses, ou, mieux encore, un compresseur ovarien – comme une ceinture de chasteté munie à hauteur de l'aine d'un tournevis s'achevant par une boule métallique. Si Franck avait été une femme qui se refuse à son mari, qui aime un homme de vingt ans son cadet ou, pire encore, une autre femme, on l'aurait interné sans sommations et plongé dans une baignoire givrée pour calmer son hystérie et lui faire avouer sa folie.

Pendant des siècles on aurait soigné Franck avec de l'eau, l'eau qui purifie, assainit, lave des péchés, fait ruisseler les impuretés et le poison, refroidit les ardeurs, réconforte aussi. On lui aurait infligé de violentes douches glacées pour le mater, le réduire au silence, éteindre le feu de son délire ; il aurait été ce misérable sac de chair agité de spasmes, les yeux exorbités, le souffle coupé. On l'aurait plongé dans des bains chauds et apaisants pour soigner ses accès de froide mélancolie, on y aurait ajouté des plantes pour le faire infuser des heures, pour hydrater et assouplir ses fibres nerveuses desséchées, devenues dures comme de la corne, pour ramollir sa volonté furieuse, et il aurait ainsi macéré jusqu'à ne plus sentir la pulpe de ses doigts. On lui aurait placé un pain de glace sur la tête et les pieds dans une bassine d'eau brûlante pour créer un choc thermique et remettre ses idées en ordre. On lui aurait fait boire des litres d'eau pour que les humeurs maléfiques partent avec l'urine. Chaque jour on l'aurait mis à nu pour le soigner, le consoler, l'humilier et le punir. On l'aurait traité comme un cafard, un nuisible, et comme un enfant.

Désormais Franck boit un liquide jaunâtre et amer qui lui fait des cliquetis dans le ventre, avale des cachets censés chasser les images délirantes qui tapissent son crâne, mais parfois ça se fait attendre, parfois aussi, malgré des doses de cheval, Franck ne s'endort pas, ne cède pas, erre tel un spectre dans les couloirs.

Franck est un patient d'après 1952 et la découverte du Largactil, le premier neuroleptique, médicament qui littéralement prend le nerf, déconnecte le patient en agissant sur les intermédiaires chimiques permettant la circulation de l'information entre les neurones. Les neuroleptiques sont à la fois des antipsychotiques qui calment le délire, l'agitation et les hallucinations, des désinhibiteurs qui soignent l'indifférence, et des sédatifs contre l'angoisse. Ils ont tout changé, changé la folie en réduisant sa part violente, son expression tapageuse et grimaçante, en éteignant chimiquement les personnalités, en imposant le silence quand à l'intérieur des fous ça continuait de hurler.

Ainsi, en 1952 comme au Moyen Âge on ne sait toujours pas soigner la folie, le Largactil n'étant qu'un médicament du cerveau pas de l'esprit, mais on peut enfin traiter les symptômes sans tuer le patient, le soulager en même temps qu'on soulage la société et les médecins, qu'on ramène le calme, le sédater pour que les infirmiers ne soient plus de simples gardiens mais aussi des soignants, qu'ils aient moins peur, et ayant moins peur ils se mirent à penser mieux, à trouver le temps et la disponibilité d'esprit nécessaires pour inventer de nouvelles thérapies.

Mais les neuroleptiques qui, faute de souris schizophrènes et de singes psychotiques, n'avaient pas été testés préalablement sur les animaux de laboratoire, révélèrent aussi des effets néfastes – prise de poids, sécheresse de la bouche, somnolence, dyskinésies, contractures musculaires, tremblements, mouvement anormal de succion ou de mastication.

Les effets secondaires ce sont ces figures enrayées, aux gestes suspendus ou hachés, ces voix pâteuses, ces élocutions empêchées, ces mots heurtés, ces ventres à la proue ou creusés, ces bouches abîmées, salivantes, ces corps trop secs ou trop lourds, voûtés, épaissis, flaccides, ces regards fuyants, torves ou plantés comme des flèches empoisonnées, ces faciès figés et ces mains mangées. C'est une autre violence que celle de la folie mais à sa mesure, c'est la brutalité de la chimie, qui décape parfois si fort le délire qu'elle laisse un vide, un abîme.

Art brut

Avec l'invention des psychotropes et le calme qui a suivi, on a pu développer l'ergothérapie, le soin par l'activité, artistique le plus souvent. L'ergo, comme tout ce qui régit le quotidien du patient – sorties, téléphone, entretiens avec la psychologue ou visites –, est sur prescription médicale, l'autorité des psychiatres se révélant dans les moindres détails de l'ordonnance : en fonction des pathologies et de l'état du patient, on autorisera la sculpture, le dessin, la peinture ou la couture, la manipulation de la terre ou de la laine.

Colette, la plus capée des ergothérapeutes du pavillon, a commencé à la prison de la Santé dans les années 80. Elle y a fait la connaissance de Issei Sagawa, autrement nommé le Japonais cannibale, et se souvient de lui, hilare plutôt qu'horrifiée, modelant dans la glaise la silhouette de l'étudiante néerlandaise qu'il avait tuée et mangée. En ergo, il avait sculpté un corps sans la tête puis méticuleusement découpé son œuvre en rondelles. Colette a conservé une carte de vœux envoyée par Sagawa, avec l'enveloppe imprimée du numéro d'écrou et du tampon de la célèbre prison – une relique qu'elle envisage de vendre à l'un de ses fans japonais si l'argent venait à manquer.

Colette se souvient aussi avec tendresse et admiration de Hémerance, qui a passé trois ans au pavillon 4B au début du XXIe siècle. Hémerance écrivait, ne faisait que ça à longueur de journée, noircir des cahiers, littéralement, d'une écriture épaisse et serrée au feutre. Sur la page saturée, gavée de mots, illisible, elle restait penchée des heures, étanche au reste du monde.

Chez Hémerance ce goût pour la graphie fascinait, car l'essentiel ne résidait pas dans le sens de ce qu'elle écrivait mais dans l'écriture elle-même, la forme des lettres, parfois inventées, des majuscules surgissant au milieu des mots, des phrases grossissant puis diminuant comme sous l'effet d'une vague, des mots ratatinés puis dilatés, sans ponctuation, sans blanc.

Hémerance avait été cuisinière, parlait encore souvent de découpe et de cuisson, Colette l'avait alors incitée à écrire des menus ou des recettes, voulait donner une direction à son art, ne pouvant se contenter de la beauté absurde de ces pages noires.

Hémerance, docile et pleine de bonne volonté quand il s'agissait de satisfaire Colette, s'attela à cette nouvelle tâche avec la même obstination patiente. De son écriture envahissante elle retranscrivait de tête des recettes de cuisine, continuant de jouer avec la forme et l'orthographe, et ayant bizarrement adopté la troisième personne du singulier : elle empHourne a 95 deugrés, aile bat la CRèèèèME, elle saupoudre, elle veÿrsse 50 cl de lait, il konkaçe les noisetes. Parfois, sans doute à bout de mémoire et d'imagination, Hémerance recopiait les mêmes recettes plusieurs fois en modifiant légèrement une quantité de sucre, une durée de cuisson, un geste – battre devenant alors mélanger ou fouetter.

Les derniers mois de son hospitalisation elle délaissa le carnet de recettes pour se consacrer aux menus de l'achepé, qu'elle recopiait dans son cahier après chaque repas, les agrémentant de considérations personnelles sur la texture et la couleur des aliments, leurs effets sur ses papilles et dans son estomac, les aléas de la digestion – esKALOPE panée trop jaune et farineuze, mastication ëlastique, spagetis aux teintes assorties collan au palais, yaourte délicieusement froid le long DU tube digaistif, balônement en fin de repas.

Jusqu'à sa dernière heure d'internement Hémerance a écrit, remplissant des dizaines de cahiers, dont une partie a été conservée par Colette et qu'elle ne se résout pas à confier au musée d'art brut de Lausanne, toujours en quête de nouveaux créateurs qu'on irait débusquer dans le secret des hôpitaux psychiatriques, des prisons et des cabanes au fond des bois.

Désormais Colette fait de la pâte à modeler avec Robert, du tricot avec Maria, du dessin et de la sculpture avec Franck, et de la peinture avec José, un jeune schizophrène particulièrement doué. Poète et peintre,

José voudrait passer ses journées en ergo car seule la peinture l'apaise, mais ces temps-ci, puni pour avoir fumé de l'herbe en permission, les séances sont réduites.

José me montre ses portraits imaginaires, réalisés en une heure, des aquarelles colorées, parfois rehaussées de pastel – j'aime l'aquarelle quand l'eau dissout mes mauvaises pensées. Colette l'incite à passer plus de temps, plusieurs séances sur chaque portrait, pour le projeter dans la durée dit-elle.

On me dit que le psychotique vit dans un présent perpétuel, un temps sans ponctuation, que le passé, trop encombré, est aboli, l'avenir inenvisageable, qu'il ne passera pas à autre chose, que rien ne passera. Je ne sais pas si la peinture est assez puissante pour conjurer cette malédiction.

Ses portraits lui ressemblent, regards cernés et encaissés, traits anguleux, allongés, mais couleurs vives ; José s'inspire d'Egon Schiele et d'Antonin Artaud qu'il cite par cœur : sous cette croûte d'os et de peau qu'est ma tête il y a une constance d'angoisses.

Avant le pavillon 4B José était dans une clinique privée au creux d'un vallon. Il s'est enfui pour retrouver un amant à Paris dans une chambre d'hôtel miteuse. Ils s'y sont défoncés – le cannabis augmentant son taux de dopamine et ses hallucinations, aggravant le dysfonctionnement de ses neurotransmetteurs – puis mutuellement tabassés. José s'est retrouvé à la rue, perdu et délirant – je me sentais surpuissant, tous les passants étaient des sosies de mes parents, dans ma tête infectée ça ne circulait plus l'air et la lumière –, finalement ramassé par les pompiers et renvoyé en psychiatrie fermée.

Nous avons l'autorisation de faire un tour dans le parc pour fumer une ou deux cigarettes. José, silencieux, me précède de quelques pas, à l'affût, semblant suivre une piste, puis marque l'arrêt, m'indique d'un coup de menton une haie, large et haute, à quelques dizaines de mètres devant. Ça bouge et bruisse légèrement – on fait du sexe dans le parc me dit José. De la prostitution un peu aussi pour se payer des clopes et des vêtements. C'est le seul endroit possible.

J'apprendrai que, par un jugement du 6 novembre 2012, la cour administrative d'appel de Bordeaux a statué sur la prohibition par le règlement intérieur d'un hôpital psychiatrique de toute relation sexuelle entre patients. Cette interdiction a donc disparu du règlement depuis quelques années, et des préservatifs sont désormais en accès libre à l'infirmerie centrale. Cependant on continue d'avertir les patients que la sexualité est proscrite à l'hôpital, et on fait en sorte de la rendre impossible. Ne reste que les lieux ordinaires de la prohibition, bosquets, fourrés, porches, épaisseur de la nuit.

D'abord ne pas nuire

Elle appelle tout le monde « patron », hommes ou femmes, patients ou soignants, elle parle d'elle à la troisième personne sur un ton parfaitement monocorde – Fatima elle doit se laver, Fatima elle doit prendre ses médicaments –, comme d'une chose à peine animée, lointaine, elle me dit qu'elle est très déprimée, en souriant – par politesse sans doute, par délicatesse –, elle aime la lenteur, le spectacle du temps qui s'étire, contempler la chute progressive du soleil dans la mer, admirer la course retenue des chenilles, le déplacement paresseux des escargots, la marche indolente des tortues – parfois je regrette d'être humaine, une limace, un escargot ou une tortue ça m'aurait suffi, en plus ils ont une maison sur le dos, alors que moi j'ai dû dormir dans ma voiture après mon divorce. Mon mari m'a reprise un peu, il a eu pitié, j'avais le droit de dormir sur le canapé et la journée de rester là à fumer des cigarettes pendant qu'il travaillait, deux paquets par jour. Le soir je me faisais toute petite dans un coin de la cuisine pour manger un yaourt et une pomme. Mon mari installe de la fibre optique, il en profitait pour me faire surveiller à distance par les câbles. Souvent je suis la victime de mon cerveau, un temps j'ai même cru que j'avais un ver logé dans le crâne, c'est pour ça que je suis ici. Ici c'est triste mais chez mon mari c'est pire.

Eva la psychiatre me dit que trop souvent le quotidien est un redoutable agent pathogène – la banalité et le vide des jours ça peut suffire à vous rendre malade, quand Fatima est arrivée elle avait le pouls aussi bas que son accablement était profond. Rien de plus morbide que de vivre sur un coin de canapé en fumant clope sur clope. Pourtant, selon Eva, Fatima relève moins de la psychiatrie que du social.

Eva est la plus désabusée des médecins du service, et aussi la plus empathique. L'un étant peut-être la conséquence de l'autre. Fille d'un fonctionnaire et d'une mère au foyer, sœur d'un frère suicidé d'une balle dans le cœur, Eva n'a pas suivi le parcours classique des psychiatres, a passé un bac F7 analyse biologique, est devenue laborantine, s'est ennuyée, s'est inscrite en psycho à la fac et ennuyée de nouveau, a finalement passé le concours d'infirmière, l'est devenue, en intérim la nuit, en réanimation et en rééducation, puis, passionnée par l'anatomie, s'est inscrite en médecine pour devenir chirurgien de la main, aimait soigner les corps mais a mal supporté l'ambiance des blocs opératoires, a fait un stage en neuropsychiatrie qui l'a convaincue de changer de spécialité, est finalement devenue psychiatre après avoir soutenu une thèse sur les chambres d'isolement. Aujourd'hui encore elle a la nostalgie du stéthoscope et des examens somatiques mais a trouvé d'autres manières d'approcher les patients, de fouiller les entrailles, crâniennes désormais. Elle a travaillé longtemps en médico-légal et dans des prisons, fascinée par les fous dangereux, les psychopathes, le passage à l'acte, les profondeurs du délire, les tableaux flamboyants, mais a fini par ne plus supporter les méthodes de travail hâtives – en prison on attend de nous qu'on pique les détenus énervés plutôt que de leur parler, mais quoi de plus légitime que de s'agiter quand on est enfermé à quatre dans une cellule.

Eva a donc quitté le monde des grands criminels pour l'accompagnement des malades chroniques et de la souffrance au travail, elle dit y avoir appris la modestie et cessé de croire dans la toute-puissance des médicaments – j'ai encore confiance dans quelques molécules comme le Deroxat, pour sédater et calmer l'angoisse, certainement pas pour guérir. Selon Eva, être psy se résume à : être le moins nocif possible – Hippocrate disait « d'abord ne pas nuire ».

Si Eva est désappointée, découragée quelquefois, c'est de se voir en assistante sociale plutôt qu'en médecin, sommée par la société de prendre en charge tous ceux qu'elle a rendus malades – depuis vingt ans je constate de plus en plus de souffrance au travail, on nous demande de réparer les dégâts provoqués par la culture du management et de la prime à la rentabilité. On récupère aussi les migrants après leurs traversées insensées, et maintenant on nous demande de nous occuper des radicalisés, des djihadistes de retour, de croiser nos fichiers d'hospitalisation avec ceux de la justice au mépris de tout secret médical. Le monde se déglingue et on se débarrasse auprès de nous de tous les indésirables, même les généralistes agacés ou démunis nous adressent leurs patients dont ils ne comprennent plus les souffrances – dès qu'une explication somatique claire ne s'impose pas c'est pour nous, c'est psy ! On se retrouve pris sous le feu d'injonctions paradoxales, on nous envoie des cohortes de déprimés tout en nous accusant de trop dépenser, on nous reproche d'hospitaliser à tour de bras mais on n'ouvre pas de foyers thérapeutiques à l'extérieur.

Pour preuves, Eva me confie deux documents révélateurs de cette tendance à déléguer aux psychiatres le traitement de drames humains qui relèvent, selon elle, de la politique. Ils émanent directement du secrétariat de la présidence de la République. Quand l'Élysée reçoit des lettres embarrassantes de citoyens en détresse, il les fait aussitôt suivre aux structures psychiatriques, par la voie du préfet.

Je consulte ainsi un courrier adressé par le préfet dont l'objet mentionne : « L'intéressé semble souffrir de difficultés liées à sa santé mentale », assorti d'observations : « Il serait sans doute utile que monsieur X puisse bénéficier tout d'abord de votre expertise et, à votre discrétion, de vos soins. Dans le respect de vos obligations légales, je souhaiterais être tenu informé de la suite donnée à cette affaire qui semble relever de votre domaine d'attribution. »

Le courrier avait été précédemment envoyé par la présidence de la République au préfet avec en objet : « À toutes fins, propos confus tenus par un correspondant syrien », puis : « L'intéressé n'est pas avisé de cette transmission ».

« Monsieur le Président de la République française, je m'appelle X, citoyen de la République arabe syrienne et docteur en chimie de l'université d'Alep. Je suis arrivé à Paris le 19.09.2018 par le consulat français à Istanbul pour échapper à l'injustice du régime syrien, qui ne m'a laissé aucune place que de quitter la Syrie après avoir détruit ma maison et commencé à me suivre partout. J'ai fait une demande d'asile au consulat français à Istanbul parce que j'ai appris que l'État français respecte d'abord et avant tout l'humain sans distinction de nationalité et de circonstances (= liberté, égalité, fraternité), mais je suis surpris que quand je suis arrivé à Paris la mauvaise manipulation de ma réception où tout le monde a refusé de m'aider. J'ai soumis mes papiers au motif que ma sœur et son mari avaient accepté de rester avec eux dans l'attente de la décision de l'OFPRA. J'ai essayé d'apprendre le français mais personne n'a accepté de me l'apprendre car je suis arrivé au milieu de l'année scolaire. L'OFII demande à apprendre le français et à s'intégrer à la société mais ils ne m'ont pas répondu et ils ont demandé l'aide d'un travailleur social, mais ils m'ont traité durement et inhumainement. Je vous écris aujourd'hui de la rue. J'ai été choqué quand je n'ai pas trouvé les slogans de l'État français, "liberté, égalité, fraternité", appliqués dans la réalité. J'ai perdu ma dignité humaine en France. Merci beaucoup pour tout. De l'une des rues de Paris le 12.10.2019. »

Suivent un nom, un numéro de portable, et le texte en arabe précédé de la mention « lettre traduite depuis le syrien ».

Décrétant que cet homme est fou l'État français révèle davantage ses propres symptômes, autrement plus sévères, mais Eva ne peut malheureusement pas hospitaliser le préfet sous contrainte.

Une seconde lettre a pour objet : « Velléités suicidaires évoquées par une correspondante malade et âgée de 62 ans endettée, qui rencontrerait des difficultés pour payer ses impôts et sollicite de l'aide. »

D'une écriture soignée, à la graphie désuète, une femme expose sa situation : « Monsieur le Président, je vous adresse cette lettre pour vous demander de l'aide en urgence. J'ai mes impôts à payer qui sont de 1 876 euros. Le problème c'est que j'ai beaucoup de crédits et je n'ai pas un seul centime à la banque. J'ai 62 ans, je travaille de nuit depuis bientôt neuf ans à la clinique Le Mas en tant qu'aide-soignante, en grande majorité avec des personnes âgées, et pour m'en sortir je fais des vacations en maison de retraite sur mes jours de repos. Mais malheureusement c'est un engrenage car les impôts augmentent et le problème est toujours là. Les deux années passées c'est ma fille qui est venue à mon aide mais cette année elle est en plein déménagement avec son fils de 4 ans et s'est séparée de son conjoint. Les autres années j'ai fait des crédits pour régler mes impôts. Je suis fatiguée, l'âge, le travail de nuit avec les personnes âgées, sans oublier le diabète et des problèmes à l'intestin, je ne peux pas payer et c'est constamment majoré de 10 %. Je ne possède rien, je suis locataire d'un petit studio, mon canapé-lit est cassé depuis deux ans et je ne peux toujours pas le remplacer et donc je dors sur un matelas par terre. Pouvez-vous m'apporter votre aide en trouvant une solution pour pouvoir payer cette somme ? Que le trésor public arrête de majorer de 10 % non-stop. Je suis de bonne foi, accordez-moi une chance pour m'en sortir, un petit coup de pouce qui pourrait changer toute ma vie. Je suis au CIC, mon compte est le 9678940622. Vous pouvez vous renseigner et voir que je dis toute la vérité. Pour éviter des problèmes avec ma banque je suis obligée tous les mois de demander un acompte sur mon salaire, et ça depuis quelques années. Je peux vous donner toutes les preuves, vous pouvez aussi envoyer des gens chez moi pour vérifier mes dires. Je ne pars jamais en vacances, j'essaye de m'en sortir mais je n'y arrive pas. J'ai beaucoup prié mais mes prières sont restées vaines. La seule solution qui me reste c'est le suicide. Ne tardez pas monsieur le Président, faites le nécessaire pour moi. Recevez tous mes remerciements monsieur le Président pour votre compréhension et votre aide. »

Eva m'explique que, l'auteure de la lettre évoquant la possibilité d'un suicide, elle se trouve dans l'obligation de la recevoir pour évaluer la probabilité d'un passage à l'acte. Cette femme qui attendait une aide financière se voit proposer – imposer plutôt – une aide psychiatrique. Quelques jours plus tard elle recevra ce courrier à en-tête de l'hôpital : « Madame, nous avons été interpellés par le préfet au sujet de votre correspondance en date du 30 novembre 2017 au Président de la République. Nous vous proposons de vous recevoir en consultation avec un médecin psychiatre le 14 mai 2018 à 11 heures 30. » On imagine son air interloqué, sidéré même, on imagine qu'à cette heure elle sera cassée en deux à frotter le sol d'une salle de bains d'Ehpad et dans l'impossibilité de se rendre à quelque convocation que ce soit.

Voilà ce qui accable et consterne Eva, que Fatima, un réfugié syrien et une aide-soignante éreintée par la vie échouent en psychiatrie, échouent dans ses bras parce que le mal qu'on leur a fait est inassumable. Alors Eva assume pour les autres, assume pour le préfet.

À cela s'ajoute un autre motif de découragement et d'exaspération, ce qu'elle nomme médicalisation massive de la psychiatrie, et de la vie en général, et m'en donne un exemple : les promoteurs conçoivent des immeubles bon marché avec des murs trop fins, peu isolants, les gens n'arrivent pas à dormir, souffrent du bruit, finissent par consulter pour se faire prescrire des somnifères, parfois même des calmants ; et voilà comment le quotidien se médicalise tandis que les architectes et les urbanistes continuent à construire en carton.

Pour Eva, là est l'incurie : il s'agit non seulement de régler tous les problèmes de la société mais de le faire à coups de pilules et de solutions buvables. Il s'agit finalement de psychiatriser toute résistance, toute plainte, toute déviance, de médicaliser les conséquences destructrices de nos conditions de vie, les questions existentielles les plus fondamentales, quand elles devraient être traitées économiquement, socialement, politiquement.

Et si l'emprise de la chimie s'est étendue c'est que, selon Eva, la psychanalyse, c'est-à-dire la parole, a perdu la bataille au profit de la psychopharmacologie et des neurosciences, la pratique médicale s'est résorbée dans l'identification, la description et la classification des symptômes, et la prescription des molécules afférentes. On a converti les pensées et les tourments des patients en une simple activité cérébrale, les individus en série de comportements, leurs pulsions en taux de sérotonine.

Cette révolution idéologique tient en trois lettres, DSM, le manuel statistique et diagnostic des troubles mentaux, une méthode nosographique inspirée des botanistes, inventée aux États-Unis, dont la première version date de 1952 et recense soixante pathologies – la dernière version, le DSM 5, en décompte 450, laissant présager que la notion de maladie mentale a ainsi été étendue à l'humanité tout entière, à l'existence elle-même.

Eva me montre l'écrasant volume de près de mille pages, mille pages qui classifient la condition humaine, codifiée ici dans une multitude de pathologies, sa fragilité, sa précarité et son incertitude réduites à des symptômes alarmants – timidité devenue phobie sociale, peur de la mort, crainte de perdre son travail, son mari.

Eva m'explique comment chaque version du manuel redéfinit les troubles de la personnalité au gré des tendances, idéologiques comme financières, des stratégies des laboratoires pharmaceutiques – personnalités borderline, antisociale, narcissique, obsessionnelle compulsive, bipolaire, très en vogue ces temps-ci –, et comment se créent de nouvelles catégories, comme le trouble d'hypersexualité dans la dernière édition.

Désormais tous anormaux grâce au DSM, et on pourrait se réjouir de ce grand mouvement démocratique et égalitaire si ce délire classificatoire n'engendrait une surmédicalisation. Créant de nouveaux troubles mentaux, augmentant les catégories diagnostiques, donc le nombre de malades, on ne cesse de développer de nouvelles molécules à prescrire. À moins que ce ne soit l'inverse, car s'il existe des antidépresseurs et des anxiolytiques c'est bien qu'il doit exister en conséquence de la dépression et de l'anxiété – alors qui de l'œuf pathogène ou de la poule pharmaceutique ?

Viviane

Viviane est joyeuse, avenante, bruyante, exaltée. Aujourd'hui, écouteurs dans les oreilles, elle chante et danse dans les couloirs – je louerai son nom ! oh lord ! –, et finira à la salle de sport, emmenée par Catherine, excédée, pour y chanter et danser en toute tranquillité après avoir poussé à bout tous les patients du service.

Catherine a pris immédiatement Viviane en grippe et soutient qu'elle présente tous les symptômes de la paranoïa – méfiance, suspicion, maniérisme et obséquiosité envers les soignants – voyez comme elle m'appelle Madame Catherine avec emphase –, mise à distance de l'interlocuteur par une politesse excessive mêlée de réticence, une agressivité ouverte ou déguisée, psychorigidité, autoritarisme, hypertrophie du moi, intolérance et despotisme. N'en jetez plus.

Viviane a été emmenée au pavillon 4B il y a quelques jours par sa tante, en pleine phase maniaque, envahie par les serpents.

Viviane a la phobie des serpents depuis qu'elle a vu la guerre et des cadavres au Rwanda, son pays natal. Elle dit : le serpent rampe et la Vierge piétine le serpent. Elle dit que la Bible l'a sauvée, je ne suis pas folle je suis juste illuminée car j'ai lu la Bible, j'ai le don d'une langue divine, une voix me chuchote à l'oreille la nuit dans une langue que je ne connais pas. La psy elle se prend pour le Saint-Esprit, elle refuse de me laisser sortir, pourtant je ne suis plus dispersée, je suis devant elle corps, esprit et âme, les fous autour de moi me fatiguent et me chagrinent, on m'enferme alors que je ne suis pas agressive, je hausse parfois le ton c'est tout, c'est l'autorité du spirituel en moi.

Le diagnostic est établi rapidement par Sarah, délire mystique – quand il n'est pas mystique il est le plus souvent persécutif ou sexuel. Mais en réunion de staff Eva met en garde contre une évaluation trop hâtive du délire religieux, rappelle sa dimension culturelle quand le patient a été élevé dans un milieu très pieux. Si être possédé par un démon est admis dans certaines sociétés, comment alors savoir si la possession est d'ordre pathologique, et si Viviane est malade. Ne pouvant trancher, on se contentera de rétablir Viviane dans une norme, occidentale puisque c'est en Occident qu'elle est soignée.

La mélancolie du médecin-chef

Maria est convoquée par le chef de service et ce rendez-vous ne lui dit rien qui vaille. Loin d'être un privilège cet accès à la hiérarchie est le signe qu'on a une nouvelle à lui annoncer – et ici elles sont rarement bonnes. Les psychiatres eux-mêmes le savent, l'exercice de la médecine a quelque chose de sadique, il apporte le plus souvent des mauvaises nouvelles, ce pourquoi certains tempèrent l'inévitable cruauté par des assauts de bienveillance.

Maria a compris qu'un mauvais coup se préparait depuis qu'on lui refuse systématiquement toute demande de sortie ou d'activité – ergo, sport, centre commercial. On limite au strict minimum les bénéfices de l'internement, on signifie à Maria que l'hôpital n'est pas un lieu de vie, on l'incite à quitter la place, à accepter son transfert en MAS, maison d'accueil spécialisée, une structure alternative dans laquelle, lui dira-t-on bientôt, sa qualité de vie sera nettement améliorée. Mais c'est au pavillon 4B que Maria a fait son trou depuis un an, les patients et les soignants y sont sa seule famille – dehors tout a déserté –, la peur de l'abandon est forte, la MAS est pour elle une destination finale, on lui a raconté que les fous et les handicapés moteurs s'y mélangeaient dans une cacophonie permanente.

J'aurai l'occasion un peu plus tard de visiter cette MAS, et le sentiment d'un lieu accueillant, plus chaleureux que les pavillons hospitaliers, mais Jessica, raillant ma naïveté, me rétorquera que les larges baies vitrées et les tableaux au mur c'est vraiment pas la question – on s'en fout des locaux, l'important c'est les gens, et à la MAS paraît que y'a que des tarés, je comprends que Maria veuille pas aller avec les gogols, elle veut rester avec ceux qu'elle connaît.

Maria, donc, pressentant que le médecin-chef va tenter de la convaincre, lui vanter les mérites de ce mouroir, décide de faire dérailler l'entretien dès le premier instant. Après s'être plainte de cauchemars qui lui ont causé des douleurs dans tout le corps, cauchemars peuplés de souvenirs d'enfance et de couchers de soleil, Maria plante son regard vipère dans celui, déjà fatigué, du vieux médecin, parle de cette voix ralentie et pâteuse, toujours ce mélange de fatigue et de surjeu : laissez-moi vous rappeler qui je suis, je suis la sorcière, la guérisseuse, et vous êtes donc mon fils car la médecine descend de la sorcellerie, la médecine vient de la magie, tout a commencé avec nos élixirs et nos incantations, vous en êtes l'héritier, le disciple, et à ce titre docteur vous me devez respect et gratitude.

Désormais appelez-moi Bethsabée, laissez Maria tranquille, elle est morte, je suis Bethsabée.

Aujourd'hui il n'a pas la force d'insister, de lutter, et même de soigner cette patiente qui se laissait mourir chez elle, qu'on a retrouvée dans son lit, rongée par les escarres après qu'elle a refusé pendant des jours d'ouvrir aux aides à domicile, les insultant à travers la porte.

Ce psychiatre en costume trois pièces, à la panse arrondie mais ferme et aux cheveux blancs épais, incarnation idéale du médecin, à la voix forte mais enveloppante, paternaliste et plein de mansuétude, est un lointain mais indéniable descendant de Pinel, célèbre aliéniste qui réforma l'exercice de la psychiatrie au tournant des XVIIIe et XIXe siècles. On dit que Pinel libéra les fous, inventant l'orthopédie mentale, considérant que le dément est moins un malade à soigner qu'une victime des affres de la société. En proie à l'alcoolisme, au libertinage, aux revers amoureux, à la misère surtout – les pauvres s'abîmant dans le délire pour oublier leur condition –, les fous ont besoin d'ordre, de la discipline qu'offre le travail, de la vertu que promet la famille, modèles de grande santé, sources de toutes les rédemptions. Alors on offre l'hospitalité aux déments mais pour mieux les mater.

Avec Pinel le médecin devient une autorité morale à qui les aliénés doivent obéir, tels des enfants irresponsables et inconscients face à leurs parents. Et comme avec les enfants on alterne douceur maternante et punition, le plus souvent une douche glacée. Désormais Pinel c'est Sarah qui navigue entre paroles empathiques et menaces à l'égard de celui qui ne veut plus prendre son traitement, *good cop* ou *bad cop* selon qu'elle se balance en arrière dans son fauteuil menton haut et regard plongeant ou qu'elle fait face à son interlocuteur, buste en avant, les deux mains posées à plat sur le bureau en signe de paix et d'écoute.

Sarah comme le médecin-chef semblent posséder tous les attributs que Pinel attend d'un grand psychiatre : il doit en imposer au malade, et pour ce faire les qualités requises seront physiques autant qu'intellectuelles. Selon Esquirol, successeur de Pinel, le médecin doit ainsi être doté d'une belle physionomie, une allure noble et mâle, un corps vigoureux. Esquirol en fait une des premières conditions pour réussir dans la profession. Les cheveux devront de préférence être blanchis par l'âge, à la rigueur d'un brun foncé, la poitrine gonflée de fierté, la voix forte. Car Pinel a moins inventé une nouvelle pratique de la médecine qu'une figure de père et de mère, de juge et de flic, pour gagner la confiance des patients et obtenir leur soumission. Avec Pinel l'hôpital devient une scène où s'affrontent la volonté furieuse et déchaînée de l'insensé et celle froide et posée du médecin, qui doit toujours l'emporter ; soigner et comprendre compte moins que maîtriser, dompter, faire taire, transformer le lion en agneau docile et dépendant. Se soumettre c'est déjà guérir, c'est tout ce qu'on vous demande.

La légende, fondatrice de la psychiatrie moderne, raconte que Pinel fit tomber les chaînes des fous à l'hôpital Bicêtre, mais n'était-ce pas pour créer de nouvelles dépendances ? Désormais assujettis non pas par la dureté du fer mais par la reconnaissance, l'acceptation d'une autorité, celle de la raison faite homme, faite psychiatre, qui impose le silence et monologue sans contradicteurs sur les turpitudes de la folie.

Il faudra du temps pour comprendre que le dialogue soigne, que le partage et la circulation de la parole guérissent, et une fois ce temps enfin arrivé il ne durera pas. Ce qui dure ce sont les vies nues. Les vies nues et silencieuses des psychiatrisés traversent les âges comme un seul long ruban d'existence. Des vies déshabillées, dépouillées, isolées, épuisées. Des corps exposés, livrés, usinés par les médicaments. Des malades soignés, et parfois guéris.

Aujourd'hui, face à Maria, le médecin-chef semble las de cette comédie, d'être comme un père à la tête d'un service qui est comme une famille, fatigué de jouer sa partition, de s'adresser à ses patients en professionnel, contrôlant les intonations de sa voix, la souplesse de ses gestes, la direction de son regard, le choix de chaque mot, découragé de devoir accomplir sa tâche – parfois il voudrait dire qu'il n'en sait rien ou qu'il s'en fout –, accablé que l'institution fige chacun dans son rôle, chaque partie rejetant le plus souvent ce que lui offre l'autre.

Les jours de découragement, il n'en veut plus de ce pouvoir que nous lui avons délégué, ce pouvoir de mater la folie. Il fut un temps lointain où dans la rue on échangeait avec les fous, on les tolérait du moins, avant que Pinel ne transforme la folie en maladie mentale, soulageant la société qui ne se sentit alors plus concernée, et rompant définitivement le dialogue, avant qu'il ne fasse de cette folie un objet pour la science, la privant de ses pouvoirs démiurgiques, de ses vertus épiphaniques. Désormais le fou n'est plus regardé comme celui qui délivre la vérité aux hommes, désormais quand Franck fait le loup-garou, babines retroussées, à l'arrêt de bus, je m'écarte, quand planté sur un rond-point il vocifère dans une langue inconnue et alpague les passants, mon regard dévie.

Je préfère déléguer, aux psychiatres, aux flics, aux travailleurs sociaux, une délégation totale et définitive, sans contreparties, sans même demander de comptes ; nous déléguons pour ne plus en entendre parler, nos angoisses nous suffisent déjà amplement. Mais peut-être avons-nous donné mandat un peu trop vite, sans précaution, car dorénavant il ne nous en vient plus aucun écho, nous n'avons plus notre mot à dire, nous sommes des ignorants face à la folie, dessaisis de la question, illégitimes à prendre la parole, c'est l'hôpital qui sait. La prochaine fois il faudra veiller à répondre à la démente qui crie sur un trottoir, il faudra renouer, se réajuster, ne plus se contenter d'avoir peur ou d'être fasciné, ne plus se contenter de l'empathie ou de l'incompréhension.

Même les juges délèguent désormais, délèguent les djihadistes, les mères infanticides, ceux qui commettent des crimes innommables qu'il faut cependant nommer, incompréhensibles qu'il faut cependant comprendre, inhumains qu'il faut cependant expliquer – pour que justice soit rendue. Alors on convoque l'expert psychiatre au tribunal, on lui demande d'éclairer les gouffres, de donner du sens à l'insensé, et le juge aimerait tant s'en remettre tout à fait au médecin, lui faire endosser le verdict s'il pouvait, sa portée toujours tragique, lui faire dire si le coupable est réadaptable ou non, dangereux ou non, responsable ou non, curable, réinsérable, accessible à une sanction pénale, dément au moment des faits, lui faire établir des certitudes quand la psychiatrie, empirique et tâtonnante, ne peut, ne devrait formuler que des hypothèses, précaires et révocables, ne devrait pas se mêler de discipline.

Cela soulagerait un peu le médecin-chef d'être relevé de son pouvoir sur les fous. Car il le sait bien, son rôle est impossible à tenir, on lui demande de préserver la société de ses agitateurs tout en exigeant qu'il ne menace pas les libertés individuelles, et qu'il respecte en premier lieu celle du fou, dont on aime défendre la dignité de loin, qu'il garantisse le droit du patient psychotique à être visité par sa mère et le droit de cette mère toxique à le visiter, quand pourtant chaque rencontre aggrave l'angoisse de son fils. On lui demande de veiller sur des droits incompatibles, car que vaut le droit face aux situations. Parfois ce droit protège, parfois il nuit, mais on exige qu'il soit aveuglément respecté. Et le médecin est pris en étau, victime consentante d'un monde qui exige la liberté et la sécurité. Les familles, l'État et la société tout entière le somment d'enfermer, invoquant la menace, un péril imminent, un schizo avec un couteau de cuisine peut-être, et il ne peut pas refuser, il serait responsable, coupable. Mais dans le même temps on le condamnera pour avoir exercé son pouvoir arbitraire, abusé des psychotropes afin de faire sortir un malade plus rapidement, libérer un lit, quand l'administration impose des économies.

Le médecin-chef se voit ainsi, fait comme un rat, sait aussi que Maria aurait pu ne pas être enfermée, que ça se joue à rien, les circonstances. En d'autres temps ou d'autres lieux une femme internée pour délire mystique aurait pu être béatifiée. Peut-être que Maria aurait été la folle du village dans un petit bourg de montagne, intégrée et choyée comme telle ; mais dans la grande ville qu'on imagine à tort plus tolérante les voisins ont pris peur. Quand le médecin-chef y songe, à la grande réversibilité de la folie, même la souffrance de Maria ne suffit plus à le convaincre de la maintenir internée.

Et Maria parfois elle aussi est fatiguée de ce combat. Elle feint alors d'accepter, de reconnaître sa maladie, espérant plaire au médecin, le flatter et trouver un peu de tranquillité. Quand elle veut la paix, quand elle n'a plus la force de batailler, elle adopte le point de vue de l'hôpital, mais n'en pense pas moins, pense qu'on l'a déclarée malade et qu'on a inventé la psychiatrie pour l'empêcher d'utiliser ses dons, pour briser ses facultés divinatoires, pour étouffer ses visions – tout ce qu'elle voit, entend, sait, perçoit et qui reste inaccessible à ce sinistre individu en blouse blanche. Dans ces moments-là, elle joue à la bonne patiente, celle qui ne s'agite pas, qui ne crie pas, qui ne se fait pas remarquer, celle qui avale sans broncher, les repas, les médicaments, les consignes, les soins, les autorisations, les recommandations et les menaces. Elle avale tout et se laisse avaler par l'hôpital. Elle ingère docilement tout ce qui se présente, même la plaquette de chocolat noir que lui a apportée une visiteuse bénévole alors qu'elle n'aime que le chocolat au lait. Elle obéit. Le psychiatre n'est pas dupe mais accepte la trêve.

Aujourd'hui Maria sort satisfaite de son bureau, il a déposé les armes sans même combattre, ne lui a finalement pas parlé de la MAS. Elle veut profiter encore un peu de cette victoire qu'elle sait précaire, ajoute sur le pas de la porte qu'elle doit maintenant quitter l'hôpital. J'ai pris 30 kilos ici, je vais rentrer chez moi, les perdre et m'acheter des belles choses. Et je dois faire mon nettoyage. Le ménage ? Chez vous ? Non docteur, mon nettoyage psychique.

La cabine téléphonique

Robert voudrait mon 06, assure qu'il m'aime à la folie, voudrait vraiment mon numéro, juste pour avoir enfin quelqu'un à appeler. Ce sont toujours les autres qui téléphonent, et moi ?

Au pavillon 4B le téléphone est installé dans le couloir, à côté de la porte d'entrée, en plein passage, fixé dans une boîte qui ferme à clé, accessible donc par intermittence. Toute conversation privée est impossible, à moins de parler à voix basse, de se contorsionner pour rentrer la tête dans la boîte, et d'envoyer paître tous les indésirables qui traînent à proximité. Et c'est la même absence d'intimité et de confidentialité au moment des visites, aucun espace n'a été aménagé pour s'isoler, les familles se calent dans un coin de la salle commune, dans le jardin, devant le bureau du psychiatre – deux sièges font office de salle d'attente.

En attendant de lointaines visites, pour ceux qui n'ont pas de portable, ou qui en ont été privés à leur arrivée, ce pastiche de cabine téléphonique est le seul lien avec l'extérieur. Devant cette boîte on piétine, on attend les yeux dans le vide, on se colle à celui qui téléphone, on lui demande c'est qui ? vas-y passe-le-moi, on fait semblant d'appeler un ami en forçant la voix, on enfonce les touches au hasard, on voudrait arracher le fil et défoncer la serrure.

Il y a ceux qui y sont autorisés mais n'ont personne à appeler, ceux qui voudraient joindre leur mère mais n'en ont pas le droit, ou leur père mais qui est mort, ceux qui doivent être accompagnés d'un infirmier pour téléphoner, ceux qui sortent de leur poche des numéros à moitié effacés sur des bouts de papier pliés en quatre, ceux qui restent plantés en silence devant la boîte fermée, ceux qui téléphonent en hurlant, ceux qui s'appellent eux-mêmes ou appellent la voix qui résonne dans leur tête.

Prisonniers

C'est observant Maria que j'y ai pensé pour la première fois. Une scène furtive, peut-être anodine, mais elle a révélé une intuition qui clapotait dans un coin de mon cerveau, attendant le bon moment pour éclore.

Maria somnolait tassée dans son fauteuil, marmonnante comme souvent, les paupières mi-closes, le visage chiffonné, des lambeaux de phrases inaudibles s'échappaient en continu d'une bouche molle sans que personne ne les relève, ne fasse l'effort de reconstituer un discours, et j'éludais moi aussi. Une aide-soignante s'est approchée, a saisi les poignées du fauteuil roulant et dit : je vous ramène dans votre chambre.

Maria a ouvert les yeux d'un coup, créature cyborg dont tous les voyants s'allument d'une simple pression, s'est redressée dans son fauteuil et a articulé d'une voix parfaitement claire : pas dans ma chambre, dans la chambre d'hôpital, ce n'est pas chez moi ici, je n'ai pas de chambre, je ne possède rien.

Un éclat de révolte soudain, éclat brillant et acéré comme un diamant. Un mensonge factuel de l'aide-soignante qui ramène Maria à la vie, réactive sa rage, sa lucidité, ses facultés de résistance, sa pleine compréhension de la situation. Alors le corps se redresse, l'intelligence s'enflamme, toute folie la déserte, pas la douleur, mais celle-là est d'une qualité nouvelle qui ravive l'esprit.

Elle ajoute : et ne me touchez pas, seuls mes enfants et mon amoureux ont le droit de me toucher.

Ce jour-là j'ai compris ce qui me troublait et que je ne savais pas nommer sinon de manière approximative, ordinaire. Peut-être moins le spectacle de la douleur, de la déraison, du dénuement, que cette lutte qui ne s'éteint jamais, au bout d'un an comme de vingt, dans la dépression la plus profonde et la psychose la plus déréalisante, en dépit des traitements qui érodent la volonté et du sens de la défaite, ça ne meurt jamais, c'est la vie qui insiste, dont on ne vient jamais à bout malgré la chambre d'isolement et les injections à haute dose. Tous refusent, contestent, récusent, aucune folie ne les éloigne définitivement de cet élan-là, la brûlure de ceux qu'on enferme et contraint.

J'ai alors pensé qu'ils étaient comme des prisonniers politiques, injustement enfermés, sûrs et forts de leur cause, espérant que la vérité soit établie, une erreur réparée, victimes d'un pouvoir inique et autoritaire, internés contre leur volonté bien qu'innocents, n'ayant commis aucun crime. Et j'ai revu Maria le poing levé chantant *La Marseillaise*. Et j'ai reconsidéré une multitude de situations vécues qui étaient autant de scènes de colère face à des décisions jugées arbitraires. Les mensonges, les manipulations et les petits sabotages de Franck, les insultes de Jessica, les gueulards, les récalcitrants qui envoient valdinguer les boîtes de pilules, les apathiques qui refusent de se soumettre à des activités qu'ils jugent infantilisantes, les mutiques et les butés en entretien qui ne voient pas pourquoi on leur imposerait d'exposer leur vie dans ses détails les plus scabreux, et les gisements d'agressivité de Robert – dont Barnabé dit qu'ils sont la seule manière possible d'exister à un instant donné, ce pourquoi il faut les recevoir, on les refusera plus tard, on les refusera quand ils seront passés.

Des parcelles de résistance moins souvent frontales que de l'ordre de l'esquive, de la ligne de fuite. Ils savent qu'on ne peut ni s'évader ni renverser, que dehors est pour l'instant inaccessible, alors ils opèrent de légers mouvements intérieurs, depuis l'intérieur des situations, telles qu'elles leur sont imposées, ils camouflent un hérisson dans un faux plafond ou simulent des larmes.

Plus tard j'ai pensé que l'expression prisonniers sociaux serait peut-être plus adéquate. Les fous agressent la société, font dérailler un ordre familial ou public. Si Franck le loup-garou et les autres sont enfermés ici c'est qu'ils ont provoqué un choc, c'est que quelqu'un, à un moment, a été heurté par eux, leurs gestes ou leurs paroles.

Souvent ce sont les familles qui sollicitent une hospitalisation – le dossier comprend une demande d'admission écrite par un membre de la famille ou par une personne susceptible d'agir dans l'intérêt du malade et deux certificats médicaux de moins de quinze jours attestant l'impossibilité du consentement par le patient. Ainsi, à l'origine d'une hospitalisation, il y a toujours quelqu'un qui porte plainte, qui cherche à se débarrasser d'un perturbateur, proche, trop proche, et il y a des intermédiaires pour enregistrer cette plainte – police, hôpital, un généraliste ou une assistante sociale –, il y a parfois la recherche de solutions à un problème moins médical que familial, la fatigue, la colère, la honte et le découragement, parfois la haine et la vengeance, il y a les effets de la maladie sur l'entourage davantage que la sévérité des troubles eux-mêmes, il y a des circonstances, des contingences, un événement déclencheur, la crise de trop, un esclandre en public ou un simple départ en vacances qu'on voudrait loin de ce parent agité, il y a, parfois davantage que l'empathie, des jugements moraux et le souci des conventions, il y a qu'on ne peut plus assumer un frère qui divague sur les extraterrestres, une mère excitée et nymphomane. Ce sont souvent des femmes et des hommes qui ne veulent ou ne peuvent plus aimer ni travailler – que deviennent alors à leurs côtés nos raisons de vivre et la marche réglée du monde ?

Tous ceux qui sont ici contre leur volonté ont brisé un pacte, quelque chose s'est mal passé, pour eux ou pour les autres, et on a considéré qu'on ne pouvait pas laisser faire, que ça ne pouvait plus durer. On compte alors sur l'ordre de l'hôpital pour résorber le désordre des individus. On compte sur l'internement pour réduire la part de violence dans toute folie. Mais on sait bien que rien n'est plus dur qu'un crâne, et que si le cerveau se mate, l'esprit, lui, s'échappe toujours.

Prisonniers politiques, prisonniers sociaux, cette comparaison n'est peut-être qu'affective, le ressac d'une émotion trop forte – et certains ici se sont constitués prisonniers volontaires, reviennent même se réfugier de leur plein gré –, pourtant le psychiatre est bien le seul médecin à pouvoir priver un patient de sa liberté, pourtant l'hospitalisation est si souvent vécue comme une punition, pourtant la nécessité du soin ou le péril imminent peuvent être invoqués pour négliger les droits du malade, pourtant l'hospitalisation consentie est elle-même ambiguë et précaire car un conflit avec l'institution peut la convertir en hospitalisation forcée, et que vaut le consentement aux soins d'un homme qui a perdu le sens, que vaut la contrainte pour confesser la maladie, n'est-ce pas plutôt un renoncement qu'une reconnaissance ? On se garde de dire que le malade est coupable mais Robert bascule si facilement dans la faute, Robert victime et coupable, souffrant et délinquant. Nous sommes bien dans un système disciplinaire qui organise le temps des individus, contrôle et régule des vies. La menace de la punition plane, il y a des surveillants et des surveillés, des regards scrutateurs.

Si on voulait chercher une origine à cette hypothèse, un fondement historique à cette intuition, on pourrait peut-être convoquer la loi de 1838 sur l'enfermement des aliénés, qui restera en vigueur jusqu'en 1990. Elle installe un établissement psychiatrique par département et institue les notions de placement volontaire par un tiers et de placement d'office en cas de trouble à l'ordre public, sur avis médical et avis de l'autorité, et par arrêté préfectoral. Le placement d'office devient aussi rapide et contraignant qu'un enfermement pénal, avec ceci de particulier que le séquestré n'a pas besoin d'avoir commis un crime pour être placé d'office en asile. Il suffit qu'on envisage qu'il puisse en commettre un, le certificat médical ayant pour objet de détecter et établir cet état potentiellement criminogène. De quoi cet individu est-il capable ? devient la question centrale. Savoir comment il se sent, ce qu'il pense, quelle est l'ampleur de sa souffrance est secondaire. Il s'agit moins d'entendre la folie que d'évaluer le danger, l'une étant assimilée à l'autre. Et il faudra attendre 1937 pour que, selon la terminologie officielle, les asiles d'aliénés deviennent des hôpitaux psychiatriques, et passent ainsi de la tutelle du ministère de l'Intérieur à celle du ministère de la Santé. Avec la loi de 1838, on demande donc bien au médecin de s'occuper autant de l'individu atteint que de la société menacée, on donne mandat au psychiatre pour préserver la salubrité publique, délégation pour enfermer – prisonniers sociaux donc.

Le placement d'office devient hospitalisation d'office, admission en soins psychiatriques sur décision du représentant de l'État, il est toujours une mesure de police, davantage fondée sur la répression et la prévention de troubles à l'ordre public que sur des symptômes psychiatriques. On internera plus volontiers un homme qui hurle dans la rue et brise un Abribus à coups de barres de fer que celui qui parle à voix basse aux arbres, même si ce dernier souffre peut-être davantage.

Bien sûr celui qui est hospitalisé d'office est toujours reconnu malade, sinon c'est en garde à vue qu'on le conduirait ; il n'en reste pas moins qu'il est privé de liberté et de tout recours préalable, il ne saurait appeler un avocat pour se défendre car il n'est pas accusé, il ne saurait nier car on ne lui reproche rien, il ne saurait compter les jours qu'il lui reste à tirer car aucune sentence n'a été prononcée – le juge fixe une peine, convertie en durée de détention, quand le psychiatre ne peut jamais prévoir le temps qu'il faudra pour guérir. J'entre ici pour un mois ou pour un an ?

Désormais on entre ici pour douze jours puis on avise. Depuis 2011, au bout de douze jours d'hospitalisation sans consentement, le patient est reçu par le JLD, juge des libertés et de la détention, qui statue sur la demande de prolongation de cette hospitalisation sans consentement. Le JLD est censé garantir les droits des malades, Catherine l'infirmière parle d'une mascarade – ça coûte de l'argent, produit de la paperasse supplémentaire, angoisse les patients, et comme les juges par définition n'y connaissent rien en santé mentale ils se contentent de suivre les certificats médicaux, les avis des psychiatres, l'audience est donc purement formelle, une farce. Catherine ne décolère pas : parfois c'est par la voix du juge que les patients apprennent brutalement le nom de leur maladie, le magistrat lit le compte-rendu du médecin d'une voix blanche et balance comme ça « entrée dans la schizophrénie, merci madame on se revoit dans un mois ». Ils sont souvent d'une grande maladresse, ne savent pas s'adresser aux malades, les accusent de souffrir d'un délire de persécution quand on leur parle de harcèlement au travail, ce n'est quand même pas au juge d'annoncer à un patient qu'il délire ! Ils balancent des termes incompréhensibles sans même les expliquer, hétéro-agressivité, thymie, qui créent de la panique, de la méfiance, ils s'agacent des propos incohérents et j'en ai même vu un lever les yeux au ciel et soupirer d'impatience face à un patient qui lui expliquait ses pouvoirs de télépathie. À l'inverse ils peuvent aussi annuler l'hospitalisation d'un patient pas stabilisé uniquement pour vice de forme, et le type se retrouve dehors et se pend. Bref, ils se bornent à vérifier que les procédures sont régulières et font de sacrés dégâts, on récupère les patients furieux, pas dupes de leur prétendue possibilité de recours, blessés qu'on les fasse comparaître devant un tribunal, frustrés, paumés, ne comprenant pas le sens et l'utilité de cette mise en scène.

Si on consultait les archives on trouverait sans doute le cas d'un internement abusif levé grâce au JLD, un recours qui aboutit, un patient soulagé d'être entendu par la justice, un juge empathique et attentif aux conditions d'hospitalisation, on trouverait du bon, mais on trouverait peut-être aussi des patients qui demandent à sortir au simple motif qu'ils ne souffrent pas, qu'ils se reconnaissent agités et bizarres certes mais qu'ils ne ressentent aucune peine ; que peuvent alors les procédures et les expertises, que peuvent le droit et la médecine face à celui qui n'exprime aucun tourment quand l'internement a pour objet de soulager et guérir la douleur, le désespoir. Justifier une hospitalisation auprès de celui qui se sent gai comme un pinson n'est pas une mince affaire.

Souvent Franck conteste son internement, le jugeant arbitraire puisqu'il ne se sent pas mal, arguant qu'avant de rencontrer des psychiatres il n'était pas fou, juste original, ajoutant qu'à partir du moment où il ne ressent plus ni angoisse ni menace, son cas cesse de relever de la médecine.

Sachant que j'assisterais à sa prochaine audience devant le JLD, Franck avait préparé son discours, soucieux de se montrer sous son meilleur jour, soucieux surtout de m'aider, de m'aider à écrire et raconter : laissez-moi sortir, vous êtes qui pour dire qui souffre et qui ne souffre pas, quels sont vos critères d'évaluation, vous ne voyez pas que dehors tout le monde souffre, la caissière du supermarché, l'agriculteur endetté, l'intérimaire chez Amazon, la mère célibataire à temps partiel, et même la DRH qui licencie par wagons, ça souffre de partout, tout le monde est agressif, à bout, déprimé. La peine c'est le lot de tous, pas seulement des fous, on ne s'en débarrasse pas, la vie ça se guérit jamais.

Eva, psychiatre incertaine, reconnaît que les liens entre folie et douleur ne sont pas toujours clairs et autorisent parfois à interroger le bien-fondé d'un internement. Tous les fous ne souffrent pas, un patient psychotique en plein délire souffre moins qu'un névrosé ordinaire ; le délire protège de l'angoisse et si ce délire est accepté au sein de l'hôpital psychiatrique, le patient n'a plus à s'en inquiéter, il vit normalement, il délire en paix, il peut même être heureux.

Eva a connu une patiente qui discutait avec ses voix comme avec de vieilles copines, si on l'avait internée c'est seulement parce qu'elle était devenue invivable pour son entourage. Pouvait-on la déclarer malade ? Si ses symptômes n'étaient ni une entrave ni une douleur, ne s'agissait-il pas alors d'un état, un état psychotique si l'on veut, plutôt que d'une maladie ? Sur ce cas, Eva et un collègue s'étaient sèchement affrontés, ce dernier jugeant que leur tâche était précisément de faire comprendre à cette patiente que ce qu'elle vivait n'était pas gai et léger mais de la souffrance, de la faire accéder à un chagrin qu'elle ne savait pas éprouver, de rétablir une juste relation entre la patiente et sa maladie, de l'éduquer à sa propre folie, quand Eva, désemparée devant cette femme guillerette qui parlait aux pigeons et à ses voix, proposait de la laisser tranquille aussi longtemps qu'elle ne réclamerait pas d'aide ni ne se plaindrait – pour une fois, on ne ferait rien et on verrait bien. Une médecine qui observe, attentive et patiente, davantage qu'elle n'intervient.

Une médecine qui se contenterait de faire place à cette nouvelle patiente internée contre sa volonté. Je lui demande si je peux m'asseoir, si elle souhaite parler, elle me répond qu'elle a trop fait le carême – je me suis affaiblie et quand je mange plus je fais des crises, je crie dans la rue. Claudia a 25 ans, est née au Bénin, arrivée en France à l'âge de 7 ans. Ça y est on me dit que je suis schizophrène et que je peux pas sortir, c'est la meilleure, on me l'avait pas encore faite celle-là, ils sont culottés quand même les médecins, ils mélangent tout, franchement je suis pas loin d'être normale, en plus ils veulent absolument me piquer, j'en veux pas de leur piqûre, ça va tuer mes défenses immunitaires. Puis Claudia se tait, s'affaisse sur sa chaise, brutalement épuisée. Je sens une grande fatigue sur moi, comme si on m'avait recouverte d'un drap, c'est votre faute je crois, c'est votre présence.

Igor

J'attrape un dépliant, malencontreusement oublié là, ou sciemment déposé comment savoir, et je lis : « Schizophrénie : construire un projet de soins évolutif. 1. Choisir la Rispéridone (solution buvable ou comprimés). 2. Proposer l'injectable mensuel (Xeplion). 3. Offrir la possibilité de quatre administrations par an (Trevicta). »

Je me demande à quelle logique, ou peut-être seulement hasard, obéit cette progression lexicale – d'abord choisir, ensuite proposer, puis offrir.

Igor m'arrache le prospectus des mains, le déchire, le jette dans la corbeille. C'est toi l'écrivain ? Viens, je te raconte ma vie, tu vas pas être déçue.

Igor a 21 ans, est né dans un village d'Ukraine qu'il a quitté à l'âge de 9 ans pour venir en France avec sa mère. Depuis l'adolescence il alterne petits travaux de plomberie et séjours en psychiatrie, le plus souvent suite à des tentatives de suicide. Son corps est orné de tatouages, une toile d'araignée sur les tempes, le nom de son ancienne copine sur le ventre, le blason de l'Ukraine sur l'omoplate, une balle sur la nuque, dont il m'explique la signification : je me suis fait tabasser par un débile mental de ma cité et toute sa bande, j'ai voulu acheter un flingue aux dealeurs pour me venger, le tuer puis me tuer pour pas finir en taule, mais comme les dealeurs n'ont pas voulu me vendre d'arme j'ai fait ce tatouage à la place, pour me souvenir, puis j'ai sauté du quatrième étage, depuis j'ai un genou en titane, regarde – Igor m'enjoint de toucher sa cicatrice.

Il me raconte ses aventures d'un air détaché, presque goguenard, sur le ton léger de l'anecdote, souriant et résigné face au destin.

Igor remonte maintenant le fil de sa vie, d'un trait : j'avais 6 ans et dans l'école de mon village à l'heure de la sieste on se touchait souvent avec une fille. Puis à 7 ans j'ai dit à mon copain de classe tu veux pas que je t'encule ? Il a dit ok et comme je suis né un 9 avril je lui ai mis neuf coups par-derrière. Il s'est mis à pleurer, à bégayer, alors j'ai eu pitié et je lui ai dit ok tu peux me rendre les neuf coups. Puis je lui ai demandé de me sucer le zizi. C'est grave ce que j'ai fait, tout le village était au courant, le prêtre m'a interdit de rentrer dans l'église. Je ne suis jamais retourné en Ukraine mais je compte bien m'y marier avec mon ancienne copine. Je l'ai trompée avec un homme, un blanc je précise, je peux me faire niquer par des hommes blancs mais jamais par des noirs c'est pas ma race. Alors elle en a épousé un autre pour se venger, mais je vais la récupérer et l'emmener dans mon village natal pour fonder une famille, peut-être après avoir buté son mari.

Igor a eu l'autorisation de conserver son portable, qu'il ne lâche jamais, il me montre des vidéos, d'abord le chien de sa mère, un caniche roux endormi dans un panier, puis un film du visage tuméfié de sa sœur – son copain l'a bien démolie mais en même temps c'est elle qui avait commencé en le poignardant ; suivent des images de chiots et de nouveau-nés, la tortue d'un cousin et un ami d'enfance mort à 15 ans dans un accident de voiture, posant lunettes noires et gomina sur le capot d'une Mercedes.

Puis Igor faiblit brusquement, son débit ralentit, les yeux se brouillent, toutes ces images l'ont éreinté – je vais me coucher, je suis content d'être là vous savez, on s'occupe bien de moi, j'ai pas à me plaindre, tant qu'on me laisse mon portable je suis mieux ici qu'ailleurs.

Je recroiserai plusieurs fois Igor dans les couloirs, toujours souriant et affable, me charriant sur mon allure d'intellectuelle, m'interpellant – eh passe-partout ça va ou bien ? – après que l'administration m'a confié les clés du service afin que je puisse circuler librement, improvisant des wesh wesh sur mon passage, et un matin me complimentant – vous sentez bon aujourd'hui, moi ma mère elle m'a acheté Allure de Chanel.

S'en était suivie une discussion sur les qualités olfactives et de tenue des parfums de grande marque à laquelle s'étaient joints Maria et Robert ; les deux nous confiant conserver dans leur chambre une multitude de bouteilles de parfum et de déodorants qu'ils n'utilisaient jamais, car ici à l'HP franchement ce serait gâché.

Un mois plus tard Igor sort, on reçoit des nouvelles, on sait qu'il est correctement suivi au CMP, qu'il a commencé les séances de laser pour effacer les tatouages sur son visage, qu'il va mieux. Mais la grâce ne dure pas et au bout de quelques semaines il est de retour au pavillon 4B après avoir tenté de s'immoler devant un Abribus.

Le suicide ou la mort

Ils sont désormais trois jeunes suicidaires dans le service, qui forment immédiatement une fraternité ; Igor a rejoint Pauline, 22 ans, et Megan, 19 ans.

Pauline a passé trois mois en hôpital de jour pour des tocs et des rires immotivés, puis a réintégré son logement insalubre, la chambre dans laquelle elle vit avec sa mère, sa grand-mère et cinq chats, et son état s'est aggravé. Aujourd'hui dans les couloirs du pavillon elle déambule, précédée d'une odeur entêtante de sous-bois, des cheveux noirs épais forment comme une couche d'humus sur son crâne, d'immenses lunettes roses masquent son visage, ses lèvres craquelées s'entrouvrent à peine quand elle parle, son corps est enfoui dans une large jupe noire, un immense sweat à tête de chat – je suis fan du film *L'Arme fatale* sinon je m'ennuie, je m'intéresse à rien, je traîne sur Internet, j'ai fait un test pour savoir si j'étais suicidaire et oui c'est bon je suis suicidaire mais pas dépressive. Quand je pense au suicide je pense à me couper les veines, je voulais mourir à cause de mes tocs. Peut-être parce que mon frère a abusé de moi quand j'étais petite, pourtant je lui en veux pas, je l'adore, c'est mon frère préféré, le plus gentil avec moi, l'autre il est très méchant, il me fait des maltraitances psychologiques et je trouve ça bien pire.

En entretien, la psychiatre lui reproche de fuir la réalité et Pauline, avec aplomb, sans hésiter : vous avez vu la gueule de la réalité docteur, ça donne pas envie.

Pauline et Megan ont demandé à occuper la même chambre, en tant que suicidaires elles se considèrent à part – on veut pas être mélangées aux schizos, même si on n'est pas complètement normales car une personne normale est une personne qui n'a jamais pensé à se suicider. Elles invitent parfois Igor dans leur chambre pour jouer aux cartes ou regarder des vidéos YouTube de messes noires.

Megan, t-shirt Mickey, médailles de la Vierge autour du cou, minijupe et blouson en fourrure synthétique rose, a déjà tenté de se suicider plusieurs fois malgré son jeune âge – j'ai essayé la noyade, la pendaison, les cachets, si je me reloupe je vais aggraver les choses. À son tour elle déroule une vie tragique : quand elle a 6 ans son père est incarcéré après avoir violé sa demi-sœur et Megan se retrouve seule avec sa mère, sans revenus. À 15 ans elle a un accident de voiture, subi un grave traumatisme crânien, devient épileptique et perd une grande partie de ses souvenirs – je voudrais tant reboucher le trou du désespoir avec des souvenirs heureux. J'ai la foi maintenant mais en même temps je suis en colère contre Dieu. Le psychiatre dit que c'est parce que Dieu incarne le père, que si je préfère Jésus c'est parce qu'il est plutôt comme un frère. En tout cas il n'y a que deux choses qui me soulagent, la religion et la K-pop, plus tard j'irai en Corée, le pays de la K-pop, il paraît que là-bas les garçons sont gentils et timides, je n'aurai plus envie de mourir.

Il fut un temps où le suicide était interdit, un sacrilège, un crime, et celui qui ratait son suicide se retrouvait condamné à mort pour meurtre contre lui-même. Quand je raconte cela à Igor, Pauline et Megan, ça les fait d'abord rire, l'absurdité de la justice des hommes, puis ça les glace, d'imaginer qu'au XVIIe siècle ils n'auraient pas pu se contenter d'une tentative de suicide, d'un coup d'essai, la mort était inéluctable ; comment auraient-ils pu alors signaler leur désespoir ? Car, c'est Megan qui le dit, la tentative de suicide est une arme, un recours – peut-être justement une manière de survivre à ce qui aurait dû nous tuer, peut-être que je fais des tentatives de suicide pour ne pas mourir finalement.

Eva m'avoue que si les suicides de jeunes patients sont toujours perçus par les thérapeutes comme un échec, c'est différent pour les plus âgés, cela peut même parfois être une issue, un soulagement. Elle ne le vit pas toujours mal, parfois sait que cela arrivera, attend, comme elle est convaincue qu'il ne s'agit jamais d'un geste individuel, solitaire, pur et radical comme le serait la liberté si la liberté existait. Antonin Artaud l'écrivait à propos de Van Gogh et Eva en est persuadée, les suicidaires, tout autant que les schizophrènes, sont d'abord des suicidés de la société, ou de la famille ; le suicide est toujours une forme de meurtre, quelqu'un est tué, qui n'est pas seul au moment de mourir, des ombres l'entourent, des forces l'acculent, d'autres dirigent son geste, le soutiennent du moins, ce geste inconcevable, impraticable, se défaire de sa propre vie, on ne saurait l'accomplir sous l'impulsion de sa seule volonté, c'est comme une décision prise à plusieurs, bien qu'un seul soit présent.

Personne ne sait comment elle est entrée, elle n'a jamais voulu donner son nom, alors appelons-la Fantômette.

Elle a crocheté la serrure, s'est introduite souple et furtive comme un chat, l'équipe de garde n'a rien vu rien entendu, s'est couchée dans le seul lit vacant cette nuit-là. Elle dormait comme une pierre quand on l'a découverte à 7 heures, c'est Barnabé qui s'est chargé de la réveiller avec précaution – on ne sait jamais, ici tout être humain est présumé innocent et délicat, prêt à s'effriter au moindre geste, à se disloquer sans crier gare. C'est une jeune femme d'une trentaine d'années en combinaison noire, chaussée d'espadrilles.

Un attroupement se forme à son chevet, on l'assaille de questions, on se demande si c'est un canular de la direction, ou la télévision, on se méfie devant sa bonne mine, on projette d'appeler les flics, les pompiers, on se rassure en affirmant que c'est certainement une internée du pavillon voisin qui s'est égarée, le volume sonore monte, l'excitation, mais la femme reste mutique et immobile. Les patients s'en mêlent, stupéfaits ou goguenards, ravis du désordre que cette présence suscite, on tente de les faire sortir, de ramener le calme, de prendre des décisions en attendant l'arrivée du médecin-chef.

Ils ne sont plus que deux infirmiers maintenant dans cette chambre, Barnabé et Catherine, les anciens, les expérimentés, qui se donnent pour mission de faire parler la jeune femme, de repérer dans son discours la phrase qui vrille, le sens qui chute, le mot inconvenant qui, dans le flux d'une parole anodine et ordonnée, signalerait la pathologie.

Elle s'est redressée, a relevé la couverture jusqu'au menton, se tient bien droite, et annonce d'un sourire ferme : je veux être internée. Je vais très bien merci mais je ne bougerai pas d'ici.

Catherine demande à nouveau comment elle est arrivée là, qui a décidé de son hospitalisation, si elle est malade, si elle souffre, quel est le nom de son médecin, ajoute que ce n'est pas ainsi que l'on procède, qu'il y a des règles, vous devez libérer cette chambre madame. Je préférerais ne pas.

Une heure plus tard, Fantômette a pris volontiers un petit déjeuner et une douche, demandé en vain à revêtir le pyjama bleu, serré les mains de tous les hospitalisés, est enfin reçue par le psychiatre, qui ne posera aucun diagnostic, ne trouvera aucune raison d'interner cette jeune femme. À moins que le simple désir, sans motif exprimé, de vouloir être hospitalisé en psychiatrie ne soit en lui-même un signe de folie. Est-ce dément de vouloir vivre enfermé avec les fous quand on est déclaré bien portant ?

Quand le médecin lui dit qu'elle n'a rien à faire là, Fantômette oppose son droit à rester malgré tout – c'est l'hôpital public ici, l'hôpital pour tous, et d'ailleurs peut-être que je suis folle, la folie est dite folie à partir d'un certain seuil et vous et moi n'avons pas le même seuil, le vôtre est bien trop haut, et vos filets de pêche sont bien trop petits pour ramasser des gens comme moi.

Dans le doute, on garde finalement Fantômette, cette fois hors de tout protocole, on lui aménage un lit dans le bureau, peu utilisé, de l'assistante sociale. En réalité, tous sont sous le charme de cette inexplicable présence, personne n'ose la chasser et Fantômette s'installe en clandestine dans les soutes du pavillon 4B.

À ceux qui osent encore contester sa présence elle raconte qu'en Suisse et en Allemagne on organise des défilés de fous dans les rues ; ils se déguisent, jouent de la trompette et de l'accordéon, chantent et dansent, ont l'autorisation de circuler librement. Alors si on fait sortir les fous dans la ville, pourquoi les non-fous ne pourraient-ils par entrer à l'asile ? Un échange de bons procédés. Les plus nombreux dedans, les moins nombreux dehors. C'est dit avec aplomb, mais le plus souvent Fantômette se tient silencieuse et paisible, présence à l'humeur égale, ne réclamant aucune sortie, aucune activité, aucun droit, juste celui de se tenir dans ces couloirs, de coucher dans ce lit d'appoint, et déambuler.

Seul Barnabé ne s'en contente pas, veut encore trouver un sens, comprendre Fantômette, lui décapsuler le crâne. Il se souvient que dans les années 70 des militants antipsychiatrie avaient mené une opération destinée à prouver la bêtise et la dangerosité de l'asile : de faux patients se présentaient aux urgences, simulant des hallucinations auditives et visuelles, des sentiments paranoïaques aigus, et se trouvaient internés d'office, affublés d'un diagnostic de schizophrénie. Arrivés en psychiatrie, ils cessaient immédiatement de simuler mais on refusait de les relâcher, confirmant la pathologie, analysant même la fin de la ruse comme un symptôme supplémentaire, une circonstance aggravante. L'hôpital ne servirait donc qu'à cela, sédimenter un diagnostic initial, trop souvent hâtif.

Mais Fantômette ne simule pas, c'est même tout le contraire. À moins qu'elle ne joue la bonne et grande santé, qu'elle simule la raison – pourquoi seule la comédie de la folie pourrait-elle être jouée ? on peut bien faire semblant d'être sage. Et c'est Barnabé qui pourrait y perdre la tête – s'il n'est plus possible de distinguer les fous des non-fous, si je ne sais plus qui feint de souffrir et qui souffre, je n'ai plus qu'à ouvrir cette porte et les faire tous décamper.

À moins que Fantômette ne souhaite mener un autre type d'expérimentation : que se passe-t-il si on plonge un individu non fou dans un bain de folie ? Si on enferme un être sain dans la boîte noire psychiatrique ? Sera-t-il contaminé ? Fou à son tour, par capillarité, mimétisme ou empathie. Est-ce que la raison abdique suite à une exposition prolongée ? Voilà peut-être ce que cherche à prouver Fantômette, que l'on est, que l'on devient toujours ce que l'on voit, entend, touche, respire.

À moins, dernière hypothèse, qu'elle désire plus simplement changer de camp, d'affiliation, s'initier à la grande fraternité de la déraison.

Barnabé veut savoir et se tient en embuscade. Il a fait de Fantômette son sujet d'étude, attend qu'elle bascule, guette les signes d'empoisonnement – agitation, larmes, éclats de voix, gestes désordonnés –, comme prêt à brandir la seringue ou exhumer la camisole. Mais force est de constater que sur la jeune femme insondable rien n'accroche, rien ne se fixe, ne pénètre. Ça glisse, les cris, les pleurs, les hoquets, la violence et la tendresse. Quand les yeux sont vides les siens restent pleins, quand la parole s'emballe elle économise ses mots, quand d'autres s'égarent elle marche droit.

Alors, après des mois à la côtoyer, l'observer, Barnabé conclut que Fantômette n'est ni folle ni saine d'esprit, ni malade ni en bonne santé, ni anxieuse ni sereine, ni triste ni joyeuse, ni menaçante ni rassurante, ni indifférente ni attentive, ni légitime ni illégitime à être hospitalisée au pavillon 4B. Fantômette est une surface plane, vierge, elle est là c'est tout.

La crise

On entre ici lesté d'évocations, de figures et de représentations – des films, des livres, des témoignages –, on imagine le plus sordide, le spectaculaire, les cris, la contention, des sangles et des injections, on guette la violence, on s'attend au pire, on le désire. Et un jour en effet ça craque, ça dérape, et on est là pour y assister – la crise.

Ça commence en début de soirée, un jour de sous-effectifs, seules Catherine et une aide-soignante sont présentes dans le service. C'est l'heure de la pause, trente minutes pour boire un café dans la petite salle de repos vitrée qui donne sur le coin télé. Il y a de la tension dans l'air, les patients forment un essaim bourdonnant qui ne cesse de se cogner à la vitre, de déranger Catherine sous des prétextes futiles. L'infirmière finit par s'impatienter, leur demande d'aller voir ailleurs, tous finissent par s'éparpiller hormis Jessica, électrique, qui refuse, commence par tirer une chaise devant la porte du local, s'assoit, s'agite, se relève, vient donner des coups de tête métronomiques contre la vitre.

Catherine décode immédiatement l'attitude de Jessica, qui ne lui inspire plus aucune compassion, a eu raison de sa patience il y a longtemps déjà, et m'expose la situation : ce soir j'ai prévu d'emmener Robert manger une pizza en face de l'hôpital, Jessica le sait très bien, ne le supporte pas, a décidé de faire foirer cette sortie, de saboter le moment de Robert. Je la connais par cœur la Jessica, je la sens, elle monte en pression à vue d'œil, elle cherche le clash la perverse. Et elle sait très bien que si elle fait une crise en mon absence, pendant que je suis au restaurant avec Robert, on me le reprochera, parce que j'aurais laissé tout le monde en sous-effectifs, en danger donc. Si je veux maintenir cette sortie avec Robert, son unique sortie du mois, une seule solution, lui régler son compte.

Alors que je ne saisis pas encore la portée de l'expression, l'aide-soignante intervient, visiblement contrariée, propose plutôt qu'on tente de discuter, je gère, ou on lui injecte un placebo, mais Catherine est intraitable, non on sonne l'alarme, on appelle l'équipe renfort, si on attend que la crise se déclare tout à fait, l'heure va passer, il sera trop tard pour que je sorte Robert, on aura tout perdu, alors on anticipe, on la sédate tout de suite, on lui casse les pattes, elle a une injection prévue en cas d'agitation, on lui met jamais et ce soir il est temps.

Puis tout s'accélère. Jessica est soudainement sortie de notre champ de vision pour se précipiter dans la salle commune, balance chaises et tables en travers de la pièce, fracasse tout ce qui lui passe sous la main. L'aide-soignante crie, le drap mouillé ! le drap mouillé !, Catherine verrouille la salle, enclenche l'alarme, les renforts arrivent en moins de trois minutes, deux hommes et une femme, ils entrent dans la salle tandis que nous nous tenons de l'autre côté de la porte vitrée, au spectacle.

Celui qui prend la parole est un jeune homme aux épaules larges, en survêtement et bonnet, qui applique les consignes de sécurité en cas de crise clastique – bras devant, un peu à l'écart, un seul qui parle, sur un ton neutre – et semble bien connaître Jessica – oh Jess c'est encore toi ! Jessica jette une table, éclate en sanglots, s'affale. L'infirmier s'assoit en face d'elle, parlemente à voix basse, lui chante joyeux anniversaire – elle a eu 29 ans la veille –, Jessica hoquette, donne des coups de pied.

Catherine déjà s'impatiente, entre dans la salle avec la seringue prête pour l'injection, l'heure tourne et Robert attend, l'équipe renfort temporise, Catherine objecte qu'ils sont sous son autorité, qu'elle peut leur coller un rapport s'ils n'exécutent pas ses ordres, qu'ils ne doivent pas contredire ce qu'elle a annoncé à la patiente, à savoir une injection.

Maria profite de la confusion pour sortir de la chambre où on l'avait confinée par sécurité, Catherine la renvoie – si c'est pour mettre de l'huile sur le feu et l'attention sur toi aussi, tu peux repartir. Maria réclame elle aussi une injection, dit qu'elle a très froid à l'intérieur, l'aide-soignante la raccompagne, elle ressort aussitôt.

Catherine fulmine, exige qu'on pique Jessica immédiatement, au sol s'il le faut, sachant qu'une injection de neuroleptiques agit au bout de dix à vingt minutes il sera bientôt trop tard pour Robert, Robert qui ne sait rien de ce qui se joue ici, occupé à écouter les Poppys dans sa chambre.

Jessica se débat, hors d'elle, est finalement traînée beuglante dans la salle de soins, l'infirmier hausse le ton : Jess, tu veux aller en iso ou quoi ? On l'entend toujours hurler de douleur depuis l'infirmerie, elle a sans doute serré son poing le plus fort possible afin que la veine se durcisse, que l'aiguille ne puisse pas pénétrer. Cela dure, on parle, on envisage de la piquer à nouveau dans quelques minutes, on retourne s'asseoir dans la pièce commune. Jess, c'est pas ce qu'on aspire dans la vie, ce qu'on aspire c'est à prendre en maturité, c'est à pas se laisser guider par sa folie. Jessica n'entend pas, jette son portable de rage. Jess c'est votre tel, n'importe quoi, c'est un iPhone en plus, faut que vous fassiez du sport Jess, ça va vous aider à canaliser vos nerfs, arrêtez de vous faire du mal. Je veux aller en iso. Non Jess c'est pas une solution, allez plutôt fumer une clope dans la neige.

L'infirmier aimerait pouvoir désamorcer toutes les situations de crise, anticiper les déflagrations, détecter les signes avant-coureurs – une façon de dire bonjour, d'attraper quelque chose, des raclements de gorge, une patience suspecte, maussade –, prévenir les passages à l'acte en parlant de cette voix apaisée et ferme, en fumant une cigarette, en restaurant un peu de confiance là où il n'y a que sentiment de persécution et d'abandon, éclatement de tous les liens. À chaque fois c'est un pari, sur l'efficacité, sur la pertinence de la solution retenue. Il sait que parfois parler ou marcher dans le parc ne peut rien et parfois suffit, que souvent la contention nourrit la fureur et que souvent elle est le dernier recours, et il faut savoir se tenir sur cette ligne de crête.

Catherine est excédée, la deuxième injection a enfin lieu, l'infirmier attend que le produit agisse en lisant *Le Journal du dimanche*.

Jessica m'appelle, j'hésite – la crainte de déplaire aux soignants mais la détresse de Jessica –, d'un geste elle me fait asseoir, prend ma main, silencieuse et hagarde, la substance se répand, la folie bruyante et envahissante reflue au profit de la simple maladie mentale, le fleuve retrouve son lit.

Catherine me demande de ne pas lâcher Jessica, de faire diversion afin qu'elle puisse s'éclipser avec Robert, il reste quarante-cinq minutes avant le couvre-feu, il est encore temps de manger une pizza.

Plus tard Catherine ne regrettera pas son attitude, car il était inenvisageable de sacrifier Robert, sa seule sortie du mois, son unique plaisir. Ce soir-là c'est Jessica qui devait être sacrifiée, il fallait choisir, et même si Catherine reconnaît que sa préférence va à l'un plutôt qu'à l'autre, il était juste de privilégier Robert. Catherine reconnaîtra également que, face à des crises phénoménales, même après des années de pratique, elle peut être envahie comme les patients par l'angoisse et un sentiment d'insécurité. Dans ces cas-là, c'est guidée par la peur et non par l'intérêt du patient qu'elle choisit l'injection, qu'elle appelle les gros bras en renfort. Il y a la peur, qu'on imagine, et il y a la jouissance, qu'on découvre. La jouissance dans la crise, son spectacle, dans la lutte, parfois au corps-à-corps, pour la maîtriser, une excitation aperçue chez tous, Jessica, Catherine, l'infirmier, et moi.

Jacques

Au pavillon 4B un homme exalté et furieux braille plus souvent que les autres, semble toujours au bord d'exploser, claque violemment la porte du bureau de la psychiatre, insulte, engueule sans raison qui passe à sa hauteur, menace les uns et les autres, la nuit erre dans les couloirs en rugissant, son passé nécrophile inspire la crainte, son œil noir et borgne, son doigt accusateur pointé, on s'écarte sur son passage quand il éructe des foutez-moi le camp vieille pompe à merde – puis parfois revient présenter ses excuses. Quand je le croise il me demande systématiquement, et exclusivement, trois cigarettes et 20 centimes, et de 20 centimes en 20 centimes réunit de quoi s'acheter quelques bricoles.

C'est un SDRE, interné d'office par l'État, déclaré irresponsable après un jugement pour délits sexuels, sauvé par l'article 64 du Code pénal, sauvé par une expertise psychiatrique qui l'a envoyé à l'asile plutôt qu'en prison. Mais Jacques ne voit pas les choses ainsi, ne se sent pas sauvé, plutôt nié, humilié, furieux qu'on psychiatrise ses actes, ses façons de faire comme il dit, revendiquant les avoir commis en toute connaissance de cause, accusant les médecins, les juges et le monde entier d'avoir trop peur de lui pour reconnaître qu'ils appartiennent bien à la même espèce. Jacques se voit comme un monstre, pas comme un fou, dit qu'on l'a qualifié de dément pour ne pas se donner la peine de penser tout ce sourd enfoui qui grouille. La folie est une solution à l'inenvisageable, quand le coût pour la pensée est trop élevé, elle permet d'esquiver, de se dérober.

Jacques est interné ici depuis des années et sa hargne est intacte ; on se demande si la prison, qu'il réclame, serait alors la seule manière d'éteindre cette rage.

Fou comme un lapin

À l'hôpital général on dit malade, patient, on dit diabétique, on dit cancer, hernie, fracture, hépatite – les mots sont stabilisés. À l'hôpital psychiatrique on dit aussi malade, patient, mais également psychotique, bipolaire, schizophrène, dépressif, et les mots ne sont pas si stabilisés, ils restent révocables. Les mots sont parfois comme les corps, sous contrainte, et leur signification flanche au gré des époques, la symptomatologie évolue. Et il y a ce mot : fou. On le prononce, on ne le prononce pas. F.O.U., on est d'accord, pas d'accord avec ces trois lettres. C'est le mot commun, c'est le mot qui vient, c'est le mot tendre ou effrayant, c'est le mot qui en contient mille autres, qui agrège tant de sentiments – amour, compassion, crainte, soupçon. Un de ces mots encombrants, difficiles à manier, qui nous tombent de la bouche.

Au pavillon 4B Franck est le seul patient à se présenter comme fou. Il pourrait tout aussi bien se dire malade mental, insensé, dingue, dément, furieux, schizo, taré, asocial. Non, fou c'est mieux, j'aime bien fou, ça ne me vexe pas, c'est le mot le moins dur, c'est amical, c'est léger je trouve, pas dramatique, et surtout c'est le même mot pour tout le monde. On est tous fous ici, pas de distinction entre les schizos et les grands mélancoliques, tous embarqués dans la même galère.

Une aide-soignante lui avait dit, Frank tu es fou comme un lapin, il avait répondu c'est vous qui êtes fous comme des bourdons, et avait pris l'aide-soignante dans ses bras, qui s'était dégagée avec précaution.

Je pense au lapin fluo de l'artiste Eduardo Kac. Son ADN avait été mêlé à la protéine fluorescente de la méduse et l'animal mutant brillait dans l'obscurité, d'une lumière verdâtre inquiétante. C'est vrai que Franck éclaire dans le noir, d'une lueur étrange ; Franck, lui aussi, est augmenté, d'un délire et de diverses manipulations chimiques.

Franck s'était emporté contre le médecin qui, le premier, avait posé un diagnostic, l'avait désigné comme schizophrène plutôt que fou. Il avait eu le sentiment qu'on prenait le pouvoir sur sa vie, un pouvoir rigide sur une existence fuyante, la confiscation d'une expérience radicale et singulière, l'élucidation à marche forcée – une lampe braquée sur un visage fermé, récalcitrant, et ses orages intérieurs. Franck veut rester incompréhensible, c'est tout ce qui lui reste. Veut rester fou, pas devenir un malade mental, un schizophrène qu'on enferme, observe, traite. Il me dit que ce jour-là c'est comme si on avait changé arbitrairement son prénom. Puis il s'est habitué. Et se souvient avec affection d'une interne qui lui avait dit vous êtes très singulier, s'en était tenue à ce diagnostic. Elle avait choisi ce mot et l'appliquait scrupuleusement à tous ses patients – vous êtes très singulier, parlez-moi donc de votre singularité.

Ici les mots sont décisifs, certainement plus importants qu'ailleurs, dramatiques et salvateurs, il faut savoir les choisir, il faut avoir la manière de dire, une rigueur, une précaution permanente – à qui je parle, quand et comment.

Une psychologue du service m'avait mise en garde : ne jamais dire ça va ? à un patient psychotique. Il prendrait la question au pied de la lettre, et on n'imagine pas la violence infligée. Aucune parole n'est anodine, pas de fonction phatique du langage, je devais être vigilante. Elle avait ajouté qu'il faut adopter le rythme du patient, attendre qu'il parle en premier, ne pas l'interroger sur sa vie, son passé. On n'est pas là pour satisfaire une curiosité.

Avec Franck la question ne se pose pas, il parle toujours le premier, cherche des interlocuteurs, déborde de phrases, qu'il consigne chaque jour sur « le mur des mots », un tableau blanc à la disposition des patients installé dans la salle commune. Tout le monde vient y griffonner, les messages, les mises en garde et les sentences s'y accumulent en palimpsestes. On y lit un matin : « ici bien souvent on entend parler le silence » ; « les mots ont une consonance vibratoire digne du Big Bang» ; « le temps n'est qu'une porte, la vie qu'une fenêtre, je reviendrai ». Franck en est l'orgueilleux auteur, le bavard qui parle comme on pratique des saignées, faire sortir et s'écouler tout ce qui bloque, les stases toxiques, remettre en mouvement le verbe mal oxygéné, qui ne circule plus. Parler le libère, recrée de l'espace à l'intérieur de Franck.

Longtemps il m'a raconté des épisodes de sa vie heurtée, puis ce sont des histoires de magie blanche, des contes maléfiques, et un jour ce merveilleux secret, qu'il me confie à voix chuchotée, reçu comme une grâce, une découverte jamais révélée tant elle bouleverserait l'ordre du monde, l'ordre des sexes. Franck m'apprend qu'on a découvert la première sirène mâle échouée sur une côte californienne. Il fait le récit du surfeur qui lui a prodigué les premiers soins, décrit le torse velu et les écailles turquoise, le corail emmêlé dans la barbe, les profondeurs aquatiques où elle, ou peut-être il, vivait.

Franck sait-il seulement que la folie est océanique, une étendue infinie, incertaine, mouvante et profonde ? Sait-il que les sirènes sont la folie des marins ? Que leurs chants seraient aujourd'hui qualifiés d'hallucinations intrapsychiques ou acoustico-verbales ?

Car Franck parfois entend les sirènes, les mots ne sont plus les siens, les voix viennent d'ailleurs, elles roulent dans sa tête ou agacent son tympan, des hallucinations auditives, des mots pleins de frayeur, des insultes, des menaces contre sa famille, des injonctions à se donner la mort.

Un jour Franck a eu si peur de ces voix étrangères qu'il voulait se percer les tympans avec un tournevis, s'est caché dans le faux plafond de sa chambre, on l'a cherché plus d'une heure, il est resté tapi dans le noir, contorsionné entre les fils électriques et les poutrelles métalliques, puis le plafond a cédé, Franck est retombé lourdement sur son lit et sur ses pattes, et le médecin lui a demandé si les voix parlaient dans son cerveau ou dans son oreille.

Il m'apprend que les hallucinations auditives n'ont pas que des effets délétères, qu'elles sont aussi comme des compagnons, qu'elles viennent combler des vides, des solitudes, et même si elles réveillent d'insupportables angoisses, elles incarnent des présences, occupent les places vacantes, éclairent des trous noirs. Il ajoute que le délire est comme un rempart de l'individu contre son propre effondrement. Quand le sol se dérobe, les voix forment un étayage, peut-être précaire mais qui, à cet instant, prévient la chute fatale.

Alors, quand d'autres sont désespérément mutiques, plus de mots, parfois plus de bouches, édentés, lèvres englouties, Franck parle, et ça parle en Franck, les mots entrent et sortent, arrivent de tous bords, les mots l'assaillent, s'installent, le colonisent, il les recrache, c'est une bataille sans fin, les mots tourbillonnent, au-dedans et au-dehors. Il parle et ça parle en lui, mais ce que Franck ne supporte plus c'est d'être parlé, parlé par les autres. Car les mots qui fondent sur lui viennent aussi des psychiatres, dont il aimerait le plus souvent qu'ils se taisent. Ici le théâtre des opérations est verbal, où s'affrontent la logique éclatée du délire et la stricte prose scientifique, une langue hallucinée – ça parlote dans ma tête et c'est pas vous qui allez me guérisonner – et un verbiage tout aussi obscur.

Franck entend des mots abscons qui sont censés le concerner, les mots des médecins, leur funeste sabir, et il n'aime pas ça. Il entend : patient pas totalement nettoyé, trop adhésif, exalté sur plan thymique, viscosité mentale, ralentissement du débit idéique, clinophilie, catatonie, dissociation, subagitation. Et ce qui frappe, dans la litanie des symptômes aux noms énigmatiques, ce dialecte psychiatrique accusateur, c'est précisément la présence imposante des troubles du langage : dysarthrie, écholalie, tachyphémie, verbigération, bradyphémie, mussitation, glossolalie, agrammatisme – la liste est longue et de chaque dérèglement un poète ferait un chant. C'est donc ainsi que l'on nomme le bredouillement, le bégaiement, la répétition, l'accélération et la lenteur du rythme verbal, le marmonnement, la désorganisation de la syntaxe ou l'invention de mots.

Franck entend aussi des noms de médicaments et ça ne lui dit rien qui vaille : loxapac, solian, rispéridone. Ces noms le blessent, parfois davantage que les voix maléfiques qui viennent le visiter. Franck refuse d'être cette somme de mots qui ne lui appartiennent pas et dont le sens lui échappe, il refuse d'être interprété, d'être traduit dans une autre langue, il abhorre ce lexique médical qui code sans ménagement le moindre de ses énoncés ; ça ne lui va pas qu'on lui fasse dire autre chose que ce qu'il dit, ça ne lui va pas que les mots aient des sens à double fond, ça ne lui va pas qu'il y ait un en-deçà du langage, et que les mots soient des symptômes. Il sent comme de la suspicion dans l'air.

Quand Franck dit à Sarah je suis la viande et vous êtes le couteau, il n'y a pour lui rien à interpréter, rien à commenter. Il est la viande, le médecin est le couteau, c'est un fait, il suffit de le vivre, un gros bloc de réalité, planté là pour l'éternité. Qu'est-ce que vous voulez dire ? Si j'avais voulu dire j'aurais dit. Parfois Franck perd patience, Sarah aussi, qui note dans son dossier : référence au passage en iso = chambre froide / viande = castration chimique, impuissance, mort.

Et quand Franck raconte la vision qu'il a eue la nuit précédente, il ne supporte pas davantage que Sarah qualifie cette vision de rêve, l'accuse d'avoir dormi et rêvé : j'escaladais le mur du cimetière, c'était difficile, je m'écorchais les mains, les genoux, la pierre était froide et glissante, mais je devais absolument passer de l'autre côté pour rejoindre le mont Sinaï. J'arrive enfin en haut du mur et là, à la place du mont Sinaï, je vois un immense centre Leclerc ! Vous imaginez la déception !

Mais Sarah reste impassible, voudrait emmener la conversation ailleurs, sur la terre ferme : monsieur, on avait évoqué la possibilité de diminuer la dose de zolpidem au coucher. Arrêtez avec vos mots en « z », et de parler pour les autres, et surtout arrêtez de m'appeler monsieur. Franck tolère mal que les médecins s'adressent ainsi à lui, monsieur prenez un siège, monsieur prenez vos médicaments, monsieur prenez sur vous, il y entend une distance – malvenue alors que Franck a remis sa vie entre leurs mains –, il y entend une certaine condescendance quand il est mal luné. Les aides-soignantes l'appellent toujours par son prénom, Franck préfère, c'est plus doux, il faut dire aussi qu'ils vivent ensemble, partagent leurs clopes et souvent se tiennent la main.

Un jour Franck s'est tu, a fait la grève du verbe, pour protester mais on ne sut pas contre quoi puisqu'il avait décidé de garder le silence ; c'était à nous de deviner. Son mutisme avait assombri l'ambiance, le volume sonore du pavillon s'en était trouvé diminué, les bavardages de Franck manquaient à tous et la journée serait maussade.

Ce jour-là Franck avait rendez-vous avec Danièle la psychologue, qui reçoit les patients pour parler sur instruction du psychiatre – la parole aussi est sur prescription médicale.

Danièle n'avait pas insisté, considérant que c'est au patient de décider du moment adéquat pour parler, qu'il ne devrait même pas y avoir d'horaires ni de rendez-vous. Danièle se distingue car clinicienne de la parole elle défend plutôt les vertus du silence et considère qu'il est souvent bon de se taire, qu'à l'hôpital on a tendance à vouloir trop parler, parler à tout prix – parler n'est pas toujours bénéfique, ça guérit les névrosés pas les grands psychotiques, et il est naïf de croire que ça apaise en toutes circonstances, parfois au contraire ça fait exploser le patient. Toujours se méfier des vertus de la parole, et laisser tranquilles les malades, ils n'en peuvent plus qu'on veuille parler, demandent juste qu'on les lâche, et qu'on leur laisse le temps de répondre, car le temps des psychotiques est un temps distendu, étiré davantage encore par les médicaments, dire bonjour peut prendre un quart d'heure, puis encore un quart d'heure jusqu'au mot suivant, il faut savoir instaurer des silences, ne pas s'impatienter. Et puis ici, entre parler et se taire, il y a tant d'autres régimes d'expression, il y a l'agressivité chuchotée, les confessions murmurées, le grésillement continu du délire, et il y a d'autres manières de communiquer, les mots ne sauraient suffire. Je prête finalement moins d'attention aux mots qu'aux intonations, au débit et à la quantité de paroles échangées, à la direction du regard, le mouvement des mains, les gestes, qui disent parfois le contraire des mots. Il faut se taire et guetter, décoder les basses ondes, les signaux invisibles, se contenter des présences, et sortir les patients du langage pour les sortir du fantasme, pour les rebrancher sur la réalité matérielle, sur une bonne prise de terre.

Si l'hôpital psychiatrique est bien une aventure du langage, de la parole et du silence, du plein et du vide, des cris et des marmonnements, du sens et du non-sens, du verbe qui soigne et de celui qui déraille, peut-être ai-je prêté trop d'attention à tout ce qui se dit quand il y a aussi tout ce qui est tu.

Jordan

Un jeune homme solaire déambule torse nu, le visage couvert de mousse à raser. J'apprends qu'il est originaire de la Martinique, venu récemment en métropole pour suivre des études d'assistant de gestion.

Le lendemain, il me permet d'assister à son entretien avec la psychiatre. Nous attendons devant la porte du bureau de Sarah, qui est en retard. Jordan, impatient et fébrile, prêt à expulser son récit, regarde cette porte avec une fixité, une ardeur, une avidité qui me rappellent à quel point la porte, avec le couloir, est un élément essentiel de l'organisation psychiatrique, son organisation spatiale et symbolique.

La porte qu'on ferme à clé, que d'autres verrouillent à notre place, qu'on claque, devant laquelle on patiente, contre laquelle on s'acharne, on tambourine, on cogne, avec son poing ou sa tête, qu'on veut à tout prix ouvrir, à tout prix fermer, qui à la fois protège et enferme – certains étouffent de la voir close, d'autres paniquent de la voir ouverte, sur l'hostilité du monde extérieur. Elle apaise autant qu'elle emmure, on peut la fixer pendant des heures en silence, traversé de mille frayeurs et tentations, ne sachant plus si on redoute ou espère qu'elle s'ouvre, qu'elle se ferme, ne sachant plus si on désire ou maudit ce qui se tient derrière, percevant parfois quelques murmures, imaginant alors, avec colère ou inquiétude, ce qui se dit de l'autre côté, ce qui se trame, des conciliabules hostiles, des décisions définitives – on parle sur moi.

Et en effet Sarah se tient derrière, tarde à l'ouvrir, les paroles étouffées d'une conversation téléphonique nous parviennent ; Jordan s'agite, se tend, Sarah le sent peut-être qui ouvre finalement cette porte en grand, d'un geste brusque, puis nous invite à entrer. Et Jordan commence de parler avant même de s'asseoir.

Je suis tombé en psychiatrie, j'attrape des problèmes, je suis le canard noir, j'apporte le bonheur mais moi ça me cause du malheur. Si je suis ici c'est parce que j'ai des problèmes avec ma sœur. Je voudrais perdre une affinité avec ma sœur pour créer la mienne, ma propre famille, je veux prouver ce que je vaux avec mon curriculum vitae. Voilà ce qui s'est passé, ma sœur s'est mise devant moi comme un mur de glace, ma bouche salivait et elle a cru que je crachais sur elle, elle a commencé à me tabasser, je lui ai tiré les cheveux, puis, de rage, elle a pris un couteau pour couper le capot de la 207 de ma mère. Il faut savoir que dès qu'on me dérespecte je suis têtu, obstiné, je m'emporte, je me bagarre pas mais j'en viens aux mains.

Toute ma vie est sombre, toute ma famille est maudite. Mon tonton il a attrapé un virus et sa jambe s'est décapée, mon autre tonton il s'est démarié, mon autre tonton a frappé ma tata, il y a du malheur familial comme si tous tombaient malades, sauf ma mère, la seule personne que j'aime dans cette famille. Quand elle en a besoin, je la fais respirer à distance dans son lit, sinon elle étoufferait. Mon père et ma mère se battaient avec des coutelas, j'étais tout le temps dehors, la rue c'était mieux que chez moi, chez moi je ne faisais que dormir pour rien entendre.

On m'a kidnappé petit, un cousin a fait une tentative de viol sur moi à 5 ans, il avait fermé toutes les portes, j'avais envie de le couper. Déjà à 3 ans on m'avait mis sur ma cousine pendant que je dormais. Dormir c'est dangereux, à chaque fois qu'il arrive malheur je me réveille, mon corps se réveille, j'aime pas dormir, je suis insomniaque, quand je dors on me fait quelque chose, ils m'endormissaient sciemment, mon cousin m'a violé en dormant, je m'en suis rendu compte car j'étais ouvert au réveil, à chaque fois que je dors ils me violent.

Je me sens mal dans ma peau pourtant je prends soin de mon hygiène, mais y'a pas de synchronisation de mon corps, ma tête est sur mes épaules mais mon cœur il palpite et depuis, tous les matins, je prends un efferalgan car j'ai mal à la tête.

C'est des médicaments de cheval que vous me donnez et ça sert à rien, regardez je ris sans raison, c'est les effets secondaires, donnez-moi plutôt la plante, le fruit ou l'animal. Je connais aussi les vertus des thés. À la Martinique on a des antipoisons bien plus efficaces que vos cachets, du rhum avec des mille-pattes à l'intérieur. Vous devez me soigner ? Me soigner de quoi ? Schizophrénie connais pas. Je vois trop de psychiatres, de psychologues, d'assistantes sociales, ça fait trop de monde autour de moi, vous me cassez la tête. Dans la rue déjà je voyais plein de psys qui m'épiaient, je les reconnaissais à leurs mines.

Je consulte le compte-rendu de l'entretien, quelques notes : patient envahi, interprétatif, intuitif, pas synesthésique (ne sent pas le viol dans sa chair). Beaucoup de demandes somatiques (mal au ventre, à la tête…) : angoisse de morcellement, hypocondrie. Prend les mots pour les choses.

Je pense à Franck qui refuse d'être traduit dans une autre langue, pour qui la traduction est une trahison, et j'essaye d'imaginer ce sentiment de déloyauté.

Guérir ?

Aujourd'hui Franck sort. Pour fêter ça Viviane lui a fait des tresses africaines, on lui a trouvé une place en appartement thérapeutique mais la plupart des infirmiers prédisent son retour prochain. Franck dit qu'on le laisse partir car la folie n'est finalement pas le nom d'une maladie dont il serait atteint mais celui de son malheur d'homme. Et malgré l'insistance bienveillante du médecin, il menace déjà d'arrêter son traitement une fois dehors – car quand j'arrête les médicaments j'entends les âmes et je comprends toutes les langues.

Franck n'aime pas les adieux, il ne fera pas le tour des patients et du personnel pour entendre les mêmes paroles d'encouragement et les mêmes mises en garde, pour recevoir les sourires désespérés de ceux qui restent, il préfère couper court. Le seul qu'il ira saluer, prendre dans ses bras, à qui il offrira ses dernières clopes, un de ses pendentifs chamaniques et un billet de 20 euros, est un ancien boulanger, tout juste interné suite à un accès de furie. Il avait éventré les sacs de farine avec un couteau de cuisine en accusant ses apprentis de vouloir l'empoisonner. Après avoir retrouvé son calme, au bout de quelques jours de repos et de sédation, il avait expliqué son délire par la cuisson à l'étouffée de ses neurones. Selon lui, à force de se tenir depuis des années la tête près du four à pain, son cerveau avait fini par cuire à l'intérieur du crâne. Tous les patients s'étaient moqués du boulanger, sauf Franck, qui sait que l'élément feu détruit tout ce qui est corrompu.

Avant de sortir, Franck a récupéré ses bijoux, ses anneaux de pirate, son bracelet dragon, sa gourmette, son collier d'ambre, ses croix, sa chaîne en argent, ses multiples pendentifs celtiques et sa bague tête de mort. Tout ce qui tenait le mauvais œil à distance et qui lui a été soustrait à son arrivée. Quand je m'offusque poliment de cette spoliation, le médecin-chef me répond que Franck s'ouvrait la cuisse, le mollet, le bras, et glissait les croix et les médailles sous sa peau. Peut-être pour qu'on ne lui confisque pas. Peut-être était-ce la meilleure manière de conserver ici quelque chose de personnel. Franck a remis lentement ses bijoux, une cérémonie méticuleuse, et on le sentait revivre, respirer mieux, tout son corps se redresser à la faveur de ce rituel. Comme un guerrier qui récupère son armure, un sorcier qui retrouve ses amulettes protectrices.

Désormais Franck tinte à chaque pas, à chaque mouvement, le cliquetis des colliers et des bracelets accompagne ses déplacements dans le couloir de l'hôpital, celui qui mène à la sortie ; et ce clapotis métallique fait surgir une autre image, celle du fou du Moyen Âge, coiffé d'un capuchon cousu de grelots, cette figure familière et puissante qui carillonne librement dans les rues et à la cour, s'annonce en faisant bourdonner ses clochettes, ce bouffon qui incarne la déraison du monde, dépouille l'humanité de son arrogance, et révèle à chacun sa pathétique vérité.

Qu'est-ce qui t'a le plus manqué dehors Franck ? Ma bite et les oiseaux.

Est-ce que Franck est guéri, même provisoirement ? Je pose la question et le médecin-chef répond qu'on ne soigne pas la folie, à la rigueur la souffrance, qu'on en calme les manifestations, qu'on maîtrise les hallucinations et les troubles du comportement avec quelques molécules, qu'on ne guérit jamais les fous très fous mais qu'on peut toujours rester dans les parages – le choix de l'outil thérapeutique étant toujours bien moins important que la personne du thérapeute –, que la psychiatrie n'est pas une science, plutôt du bricolage, et qu'on se contente d'interpréter des signes – on évalue le patient, on établit un lien, on le recadre s'il déborde, on le stabilise. Depuis qu'on a découvert les neuroleptiques dans les années cinquante il n'y a plus eu de grandes découvertes en psychiatrie, on est toujours avec nos cachets, du temps et de la parole – il ne précise pas que de moins en moins de temps et de plus en plus de chimie.

Mais si on relâche Franck dans la ville comme on réintroduirait un grand singe dans une forêt tropicale, c'est bien que le médecin considère qu'il y a une forme de guérison, de mieux-être, une décélération de la souffrance, une atténuation des symptômes. Qu'est-ce qui a vraiment changé ? La manière dont le patient s'envisage ? La folie qui recule comme un virus ? Elle occupait Franck tout entier et désormais ne se loge qu'ici ou là, dans quelques recoins de sa tête ? Est-ce qu'une meilleure adaptation aux règles signale la guérison ? Catherine avait pourtant pointé ce paradoxe au moment de l'inventaire : les plus acclimatés sont souvent les patients chroniques, donc les plus malades. Il en va de même pour celui qui parle volontiers de lui, se livre docilement, se dépouille sans résister – c'est louche.

Je ne saurais dire ce qui a changé chez Franck, il a le même regard luisant, la même gaieté, peut-être un peu moins bavard, un peu moins fiévreux, rien de spectaculaire depuis ma position d'observatrice, ignorante mais peu à peu accoutumée.

Eva, médecin circonspecte, se méfie de la guérison, surtout chez les patients schizophrènes comme Franck. Le voyant sortir, elle espère qu'il n'est pas trop guéri – car le danger c'est de les priver de leur délire, le schizo privé de son délire a tendance à s'emmerder, à sombrer dans la dépression, à la place de la folie c'est le vide, effrayant parfois, on sait faire disparaître les hallucinations mais on n'a rien à proposer en échange, mauvaise transaction pour le patient, arnaque à la guérison. On rabote sa personnalité à coups de cachets en lui disant qu'il va mieux mais lui se sent déserté, rien de tel pour lui faire arrêter son traitement une fois sorti, et c'est comme ça qu'on le récupère au bout de quelques semaines. Quel est le sens de la guérison quand on se retrouve seul dehors, qu'on continue à faire peur aux gens, que dans son crâne tout est morne et plat ? Il arrive que des patients qu'on déclare guéris se suicident, bouleversés par la vie banale qui reprend, anéantis par la disparition de tout sentiment d'exaltation, du chaos en eux.

Pour Eva c'est à cet endroit que se pose la grande question éthique du soin. À laquelle il est à peine envisageable de répondre. Comment, jusqu'où, à quel point prescrire des traitements contre le délire quand le délire tient le patient, l'étaye, le remplit ? Comment évaluer avec justesse la part des risques et celle des bénéfices ? Quand le délire n'est pas persécutif, qu'il n'inspire aucune souffrance, reste qu'il peut avoir des conséquences sociales et affectives délétères, isoler, engendrer alors de la douleur. De même, les médicaments permettent de nouer quelques liens mais abrutissent, ils stabilisent mais ralentissent et parfois éteignent la pensée ; mais le délire également est un éteignoir, la rumination et les hallucinations entament l'esprit tout autant qu'elles l'occupent. Et voilà le patient cerné, ses facultés cognitives rongées des deux côtés, par la folie, par la chimie.

Reste à se convaincre que la mission de tout psychiatre est de faire disparaître la folie, s'assigner cette unique tâche et ne plus y penser : mon patient ne doit plus foleyer. Et ne pas se laisser déstabiliser, attendrir même, par le schizo qui se présente en vous disant docteur vous pensez que je suis guéri car je n'entends plus de voix, que mes ancêtres ne me parlent plus directement dans la tête, mais vous vous foutez de savoir ce qui occupe maintenant cette tête, vous voulez juste que je reste calme, que j'aie l'air normal ; c'était terrible ces voix d'accord mais sentir un trou à la place du cerveau c'est pas une vie non plus.

Il arrive aussi, même si c'est exceptionnel reconnaît Eva, que le patient se guérisse lui-même, ou du moins trouve une solution pour éteindre sa souffrance. Là où la médecine a échoué, il invente un remède, apportant la preuve qu'on ne saurait parler à la place des autres.

Eva me raconte un cas célèbre, sur lequel ont buté nombre de psychiatres, tous démunis, tous défaits au combat par le patient lui-même, sa folie aussi froide, résolue et obstinée que peut l'être la raison. C'est un homme d'une quarantaine d'années, ancien marathonien, qui ne supporte plus ses jambes. Une aversion soudaine pour ses membres inférieurs apparue sans motif visible, sans drame ; une conviction ferme, exprimée sans excès ni dérèglement, d'une voix posée. Une volonté inébranlable, celle de se débarrasser de ces jambes honnies, invivables, deux excroissances étrangères, hostiles, hideuses, qui pendouillent sous ses hanches, une souffrance morale immense. L'homme veut se faire amputer. Se faire amputer ou mourir. Se faire amputer de ce qui n'est plus soi mais une agression permanente. Cet homme n'a eu de cesse qu'un chirurgien l'ampute, en a supplié en vain des dizaines, menacé de se scier lui-même les jambes. Eva le décrit comme le plus raisonnable et le plus volontaire des patients qu'elle ait connus, d'abord disposé à laisser les médecins traiter sa phobie, prêt à s'en remettre à la science, à endurer toutes les thérapies possibles.

On a donc tout essayé, des internements à répétition – d'abord pour dépression puis pour hallucinations – et les dizaines de molécules afférentes, nombre de thérapies comportementales, de séances de sismothérapie, de packing, technique d'enveloppement dans un linge froid et humide, un traitement magnétique transcrânien, puis des cures en tous genres, l'acupuncture, la méditation, quelques magnétiseurs et rebouteux, mais rien n'y faisait, ses jambes étaient toujours là, toujours aussi monstrueuses, l'homme commençait à s'impatienter, les médecins à se décourager, on n'avait plus de solutions, on se réunissait pour évoquer ce cas qui fascinait autant qu'il laissait désemparé, on prenait l'avis de pontes qui avaient tout vu tout connu, on tentait de gagner du temps en lui promettant un nouveau traitement, on n'était pas loin de demander au comité d'éthique s'il autoriserait exceptionnellement une amputation thérapeutique pour troubles mentaux, mais le patient avait fini par poser un ultimatum, le temps était écoulé. Il partit au Mexique en secret et contre 60 000 dollars se fit amputer des deux jambes dans une clinique privée.

Eva le revit quelques années après, heureux, apaisé, il s'était marié et la vie était belle.

Certains patients souffrent d'être guéris, ne le désirent pas, certains médecins veulent à tout prix réinsérer le malade, d'autres patients se guérissent tout seuls, hors des protocoles et de la raison médicale, d'autres médecins ont renoncé à la guérison comme ils ont renoncé à tout principe de causalité.

Un vieux collègue d'Eva, qui a exercé quarante ans à l'hôpital, me met en garde contre la causalité, contre toute pensée de l'origine et des conséquences : en psychiatrie, on ne peut plus compter sur les causes et les effets, il faut se méfier du mot « donc », et de toutes les conjonctions de coordination en général, des conclusions hâtives, et même des raisonnements courants, cessei de croire que tout verbe a un sujet. Se méfier de « donc », de « car », de « mais ». Dire il est prostré, mutique *donc* il va mal, il est triste, est arbitraire. Peut-être qu'il va mieux en réalité. Peut-être que, eu égard à son état antérieur d'agitation, de fièvre, de logorrhée, il y a du mieux, il y a du progrès, il y a un apaisement. Il n'y a pas de *donc* qui tienne à l'hôpital psychiatrique.

Je le comprendrai aussi en surprenant plus tard une conversation de couloir entre deux infirmières : comment tu veux faire un polytechnicien avec quelqu'un qui s'est fait violer par son grand-père ? Oh tu sais, y en a qui sont traumatisés à vie par une broutille, une main au cul dans le bus, et d'autres qui se remettent des pires drames, leur père a assassiné leur mère puis s'est tiré une balle dans la tête et ils pètent la forme.

Demain les fous

L'époque est sombre pour la psychiatrie française et Danièle la psychologue envisage l'avenir avec inquiétude mais résignation. Elle revient sans cesse sur ce qu'elle nomme un coup d'État, la prise de pouvoir de l'administration, la réduction du soin à l'exécution de protocoles – évaluez votre douleur psychique sur une échelle de 1 à 10 –, la médecine machinique, la restriction des marges de manœuvre, de toute liberté d'expérimenter, et le dégoût du travail qui gagne – on dit que les protocoles ont été mis en place pour faire des économies mais elles ont bon dos les économies, pour moi c'est tout un esprit maléfique, du sadisme, une passion pour l'ordre. Vous savez pourquoi ça ne fonctionne pas en psychiatrie ? Parce que le protocole c'est la globalisation, le contraire du singulier, sa mise à mort. Dans un protocole on ne soigne pas un fou mais les fous. Fou c'est le bon mot, mais uniquement au singulier. Si on dit les migrants, si on dit les fous, si on n'envisage plus que des groupes, des masses, comment être empathique, bienveillant ? Pas d'individu, pas d'affect. On aime que les êtres. C'est tellement plus facile de tuer cinq cents personnes qu'une seule.

Danièle imagine l'hôpital psychiatrique du futur sans médecins. Dans son service, le manque de psychiatres l'oblige déjà à improviser des groupes de parole avec les patients, pour les habituer à l'autogestion dit-elle – il faut s'organiser face à la pénurie, alors je les réunis, je les laisse échanger, s'engueuler, et surtout installer une forme d'autorégulation dans laquelle chacun s'occupe de l'autre, et le surveille, surveille par exemple qu'il prend bien son traitement, car il faut tout de même un minimum de chimie pour se parler efficacement. Je les prépare à se débrouiller sans les soignants, bientôt ils n'auront plus d'autres interlocuteurs que des logiciels programmés pour les accompagner à distance.

La conversion numérique a déjà commencé, l'intelligence artificielle se met au service de la psychiatrie. Avec un simple téléphone portable on peut récupérer et traiter des dizaines de données qui renseignent en temps réel nos manières de fonctionner au quotidien, chaque comportement, chaque geste convertis en algorithme puis en marqueur psychique. Les téléphones peuvent être dotés d'un accéléromètre qui permet d'évaluer un ralentissement psychomoteur, des déplacements erratiques ou inhabituels, ils enregistrent le nombre et la durée de nos appels, nos intonations et notre débit verbal, traquent nos tendances logorrhéiques pour signaler un état maniaque, analysent la valeur émotionnelle de nos messages sur Facebook pour débusquer une fragilité, repèrent des syntaxes démembrées, pistent la moindre de nos déviances, boîtes noires de nos esprits agités et inquiets, codage permanent de ce qu'il y a pourtant en nous de plus inaccessible, de plus rétif.

Voilà l'avenir, un schizo tout seul avec une montre connectée au poignet.

Mais quand Danièle est moins amère, les bons jours, elle envisage aussi cette autonomie contrainte comme une aubaine : bientôt les fous seront seuls parce qu'il n'y aura plus de soignants ou parce que ceux qui resteront seront mal formés, ne sauront plus écouter, n'auront plus accès à la folie, se contenteront d'être des distributeurs de médicaments et des éducateurs. Alors les fous partiront de leur côté, se bricoler leur pays à eux. Dans mon service ça a déjà commencé, les patients se rendent bien compte que ça déconne, ils s'organisent, se soutiennent, et c'est peut-être pas si mal. Parce qu'un fou s'apaise mieux au milieu d'autres fous, ils restent entre eux en silence pendant des heures et ça va bien, pas besoin de bavasser. Et puis c'est fatigant pour tout le monde un fou avec un non-fou. Je crois surtout qu'il est temps de renoncer à ramener tous les dingues de notre côté.

Danièle est la plus tourmentée des soignants que j'ai rencontrés, et sans doute la plus investie. Je le noterai souvent, les plus défaitistes sont aussi les plus fougueux, et cela n'est pas ce qu'on appelle hâtivement l'énergie du désespoir, plutôt un amour buté et infatigable qui résiste à tous les assauts, à toutes les bassesses. Des têtes de mule, des moines-soldats, des chamans qui distinguent ce qui habituellement ne parvient pas jusqu'à nos sens atrophiés, saisissent le sens hors du langage.

Et ceux-là, si sombres et soudain lumineux quand un patient entre dans la pièce, malgré la destruction de l'édifice hospitalier, rien ne les délogera de la compagnie des fous. Ce sont les mêmes qui imaginent, avec autant de chagrin que d'enthousiasme, la disparition de l'hôpital psychiatrique et l'avènement de communautés de fous, comme cela se fait déjà chez les entendeurs de voix. Partout où la médecine a échoué ou sombré, ils espèrent que les fous organisent collectivement leur subsistance, vivent ensemble la souffrance, l'insensé, l'accident, l'excès, tout ce qui les constitue. Ensemble il est plus facile de s'arranger avec sa propre folie, amalgamée et diluée dans celle des autres, toutes les folies individuelles fondues en un seul bloc, une seule œuvre collective, une grande indistincte et unique folie qui n'appartient plus à personne, une grande douleur apaisée par cet accolement, cette redistribution.

Il s'agit peut-être aussi de se réunir en communauté choisie, non plus celle imposée de l'hôpital, pour revendiquer sa singularité, se constituer en qualité de minorité et en concevoir enfin une certaine fierté, et même se défendre, se protéger, bientôt manifester dans les rues, organiser des mad pride dans chaque ville pour, un jour lointain, ne plus vivre séparés, ne plus susciter ni inquiétude ni fantasme.

On renoncerait alors à comprendre ou connaître la folie, on renoncerait à la maîtriser ou l'éradiquer selon des normes étrangères aux fous, on pourrait se contenter d'observer des manières d'être, en s'approchant plus ou moins selon les affinités, en établissant un rapport si l'on veut. Et alors il n'y aurait plus de fous qui tiennent.

Je demande à Danièle si elle pourrait imaginer ce monde sans fous, un monde dans lequel on ne saurait plus très bien ce qu'est la folie, ce qu'elle signifie, qui elle concerne. Imaginer un monde dans lequel la folie ne serait plus une intolérable déviance mais un des multiples agencements de nos vies, ne provoquerait plus l'incompréhension, la panique ou le malaise mais serait accueillie avec tranquillité comme une part, certes originale, de nous-mêmes. Mais Danièle n'est pas dupe, sait bien ce qu'une société doit à la séparation, aux partitions et aux gardes-frontières, elle lui doit son existence même. Et Danièle sait aussi que même si la folie n'était plus désignée comme une maladie honteuse elle subsisterait sous une autre forme, sous le nom de malheur, elle insisterait encore, laisserait toujours une trace, celle de nos effrois.

Et si je demandais la même chose à Franck, envisager un monde sans fous, j'imagine que sa réponse serait ambivalente, il dirait sans doute qu'il n'est pas fou, puis qu'il l'est et qu'il nous emmerde, qu'il n'est pas d'accord pour ce monde sans fous, qu'on cherche à l'amputer de ses pouvoirs – la folie est son privilège, son orgueil, son butin –, à le priver de sa magie, et qu'il ne veut pas vivre avec nous dans un monde aux dimensions réduites. Il ne parlerait pas de sa souffrance, il dirait que je le jalouse, que je ne soupçonne même pas l'étendue de ses visions, que je suis envieuse et impuissante. Je n'aurais sans doute pas de réponse, ma question serait réfutée, réduite en cendres. Je ne saurais pas lire le visage christique et énigmatique de Franck, cette moue ironique et affectueuse.

Je remercie chaleureusement tous les patients et soignants qui m'ont accueillie et guidée avec bienveillance. Et en particulier les docteurs H.A., I.M. et J.-L.L. qui m'ont accordé leur confiance et ont rendu possible l'écriture de ce récit.

Ce livre est issu de journées passées dans deux unités psychiatriques quelque part en France ; tous les noms des patients comme des soignants ont été modifiés.

Table

À la folie

Cet ouvrage a été mis en page par IGS-CP
à L'Isle-d'Espagnac (16)

CET OUVRAGE
A ÉTÉ ACHEVÉ D'IMPRIMER
SUR ROTO-PAGE
PAR L'IMPRIMERIE FLOCH
À MAYENNE EN JUIN 2021

N° d'édition : L.01ELJN000973.A007. N° d'impression : 98636
Dépôt légal : février 2021
Imprimé en France